Taschkent

Taschkent

Christian Günther

Taschkent

Bibliographische Information der Deutschen Nationalbibliothek: Die Deutsche Nationalbibliothek verzeichnet diese Publikation in der Deutschen Nationalbibliografie; detaillierte bibliografische Daten sind im Internet über http://dnb.dnb.de abrufbar.

Herstellung und Verlag: BoD – Books on Demand, Norderstedt

ISBN: 9783752622997

1

It was so much easier
when I was cruel[1]

Der vierschrötige Flugbegleiter, der ihm das Abendessen vorsetzte, hatte schwarz behaarte Handrücken. Unter dem Deckel lagen ein halbes Hähnchen und fingerdicke Plockwurstscheiben. Das Ganze hier nervte und kam ungelegen - in München wollte Monique, die mollige Moschus-Monique, erobert werden. Aber ihm war klar, warum man von den vielen 'Außendienstlern', die gerade in der Zentrale herumgehangen hatten, ausgerechnet ihn in die Steppe geschickt hatte, um einen Toten zu ersetzen: sein Russisch und eine gewisse Erfahrung im Umgang mit Muslimen ...

Er wies Bärenpfote an, das Behältnis sofort wieder abzuräumen. Den Film, der auf den Monitoren gezeigt wurde, beachtete er nicht, hüllte sich in eine kratzende Decke und schlief ein.

Als er das erste Mal aufwachte, schmerzte seine Halsmuskulatur, weil sein Kopf trotz aufgeblasener Nackenstütze zur Seite gesackt war. Draußen nur Schwärze, rot durchpulst vom Blinken der Tragflächenlichter. Er überprüfte den Sitz der Ohrstöpsel, die das Dröhnen der Turbinen dämpften, und warf einen Blick zum Monitor hinauf, wo das kleine Flugzeugsymbol über die Landkarte kroch. Es hing über der Ukraine.

Beim nächsten Aufwachen über dem Schwarzen Meer.

---

1   Elvis Costello: When I Was Cruel No. 2

Es dauerte noch über eine Stunde, bevor der Landeanflug auf Taschkent begann. Am schlaffen Profil seines betrunkenen Nachbarn vorbei schaute Jan auf die Lichter der Stadt hinunter. So was sah ja immer ganz nett aus.

Als er sich endlich am bulligen Steward vorbei aus dem Flugzeug drängen konnte und auf den Absatz der Treppe trat, die herangerollt worden war, musste er erst einmal nach Luft schnappen, so schwül und heiß war hier die Nacht. Es roch nach Holzrauch und fremd. Zikaden zirpten so nah, als säßen sie auf der Rollbahn.

Durch taktisch kluges Positionieren im Bus, der zum Flughafengebäude fuhr, und zügiges Gehen eroberte Jan den besten Platz am Band. Sein Ziehkoffer war eins der ersten Gepäckstücke. Anschließend passierte er ohne Schwierigkeiten die Passkontrolle.

In der Halle hielt ein Mann mit blondem Pagenschnitt, bleichem Gesicht und schwarzen Augen ein Schild, auf dem der Name 'Werder' geschrieben stand. Andrej Tvoludin – so stellte der Mann sich vor - nahm ihm den Koffer ab und bahnte ihm einen Weg durch die aufdringliche Menge schreiender Taxifahrer. Bevor Jan sich ins Auto setzte, schlüpfte er aus seinem verschwitzten Jackett.

Auf dem Weg zu einer ihm für eine Übergangszeit zur Verfügung gestellten Wohnung wechselten beide nur wenige Worte. Tvoludin war der Chefdolmetscher der deutschen Botschaft und sprach ein korrektes, wenn auch etwas maschinenmäßiges Deutsch. Im Morgengrauen fuhren sie breite, von großen Bäumen gesäumte Straßen entlang, die an Plattenbauklötzen vorbeiführten. Auf den Flachdächern reihten sich riesige, teils kyrillische, teils lateinische Buchstaben zu Parolen, von denen ihm Tvoludin einige übersetzte: 'Unabhängigkeit und Frieden', 'Taschkent - Stern des Ostens', '2003 - das Jahr von …' - Jan hörte nicht mehr zu und schaute sich die Milizionäre an, die an jeder Kreuzung standen. Kalaschnikows, grüne Uniformen.

Nun glitt der Wagen an einem hundert Meter breiten Springbrunnen entlang. Im Ministerium dahinter seien bei einer Bombenexplosion vor einigen Jahren viele Menschen getötet worden, sagte Tvoludin. Jan nahm sich vor, dem nachzugehen. Sie bogen in eine Mietskasernensiedlung ab.

In einem dunklen Treppenhaus, das nach Fisch und Machorkarauch roch, stiegen sie ins dritte Stockwerk hinauf. Als sein Begleiter die lederverkleidete Tür öffnete, kam ihnen stickige Luft entgegen. Die Wohnung war im russischen Stil eingerichtet: dunkle Tapeten, eine plumpe Couchgarnitur, Schrankwände; im Flur ein altes Telefon. In der Küche stand ein Teekessel auf dem Gasherd. Plötzlich musste Jan an Anna denken, an die Küche in ihrer Wohnung und an einen Abend, an dem sie sich dort wild geküsst hatten, während die Gäste im Wohnzimmer saßen. Er stellte seinen Koffer ab, ging ins Bad und wusch sich.

Tvoludin stand auf dem kleinen Balkon. Sie sahen in den Innenhof hinunter: Mülltonnen, ein Klettergestell und Bänke - umgeben von den Rohren der Warmwasserleitungen. Der Dolmetscher fragte, ob er sich etwas ausruhen wolle. Jan verneinte.

Als sie auf die Straße traten, war die Sonne aufgegangen. Eine Frau, die einen Karren vor sich herschob, bot laut schreiend Milch und Quark an. Von Minute zu Minute wurde es heißer. Unter Bäumen am Straßenrand waren Hunderte von Wassermelonen aufgehäuft; der Verkäufer schlief noch auf einem Bettgestell.

Im Wächterhäuschen der nahe gelegenen Botschaft stellte Tvoludin ihn den Wachmännern vor. Über den Parkplatz gingen sie dann auf das Hauptgebäude zu, einem unschönen Betonquader, der früher der DDR als Botschaftssitz gedient hatte. Drinnen, auf dem muffigen Flur trappelten ein paar

Frühaufsteher über den knarzenden PVC-Boden.

Kien, Jans Vorgesetzter, war noch nicht im Hause. Das erfuhr er von dessen Sekretärin, einer kühlen künstlichen Blondine mit tiefer Stimme, die mit starkem russischen Akzent sprach. Kien musste ein komischer Vogel sein. Freund von Büttner, dem Orakel und Russlandexperten in Pullach, beide Fossilien mit Alkoholproblemen, überm Ablaufdatum, Kien mit kaputter Familie, aber das war ja nichts Besonderes in ihrem Verein.

Tvoludin führte ihn in den ersten Stock. Im Vorzimmer des Botschafters, Dr. Liemer, wartete Jan bei einer Tasse Kaffee darauf, vorgelassen zu werden. Schließlich geleitete ihn die Vorzimmerdame in die Räumlichkeiten seiner Exzellenz. Ein hochgewachsener, graumelierter Mann trat ihm entgegen und reichte ihm die Hand. Endlich sei der Mitarbeiter eingetroffen, auf den Herr Kien so ungeduldig gewartet habe. Nach einigen Sätzen über die derzeitige Situation im Lande und nachdem er betont hatte, für wie wichtig er die Arbeit der Abteilung Kien hielt, entschuldigte sich der Botschafter mit einem dringenden Termin und brachte ihn zur Tür. In den nächsten Tagen werde sich sicherlich einmal Gelegenheit bieten, eingehender über Inhaltliches zu sprechen.

Jan ging wieder ins Erdgeschoss hinunter und setzte sich in Kiens Büro an den leergeräumten Schreibtisch seines Vorgängers. Er schaltete den Computer an: Alle Dateien waren gelöscht. Nichts erinnerte an den Mann, dessen Unfalltod Jan hierhergebracht hatte. Die Sekretärin, sie hieß Bezmilutinova, musterte ihn und bot ihm eine Tasse Tee an, die er ablehnte. Sie verzog keine Miene, telefonierte - und mit Befriedigung stellte Jan fest, wie mühelos er ihren heruntergeratterten russischen Sätzen folgen konnte. 'Pokerface' ließ sich mit dem Chef der Miliz in Namangan verbinden und forderte eine schriftliche Bestätigung über den Eingang einer Lieferung von

Schutzwesten. Sie vereinbarte einen Besuchstermin Kiens für kommende Woche Dienstag. Anschließend telefonierte sie im Befehlston auf Usbekisch. Eine Sprache, die unangenehm klang, wie Jan fand.

Er verließ das Büro und schaute sich im Flur die Aushänge am schwarzen Brett an. Ein scheidender Mitarbeiter bot seine Gartenstühle inklusive Polster zum Verkauf an. Der übliche Geiz-Quatsch also.

Schließlich stieß Tvoludin, der vielleicht damit beauftragt worden war, wieder zu ihm und schlug vor, gemeinsam zum Essen zu gehen. Das Stammrestaurant der Botschaftsleute sei gleich um die Ecke.

Draußen folgten sie der großen Straße und kamen an einem Monument vorbei, das, wie Tvoludin erläuterte, an das Erdbeben von 1966 erinnerte, dann bogen sie ab und gingen an einem baumbeschatteten Kanal entlang.

Vor dem Esssaal des 'Chinor' wurden in riesigen Kesseln Suppe und Plow, das hiesige Reisgericht, gekocht. Die Köche trugen weiße, etwas schmuddelige Kittel. Die usbekischen Männer schienen allgemein zur Untersetztheit zu neigen. Sowohl Männer als auch Frauen hatten kugelige Köpfe und meist etwas grobe Gesichtszüge.

Tvoludin lud zwei Schüsselchen mit dem Reisgericht und einige Salate auf ein Tablett, zahlte an der Kasse und setzte sich mit Jan zu einem Herrn an den Tisch, den er ihm als den Wirtschaftsattaché, Herrn Dr. Reck, vorstellte.

„Aha. Unser Andrej hat Ihnen schon unser kleines Reich gezeigt, nehme ich an. Ist der Pilaw oder Plow, wie die Einheimischen das Gericht hier nennen, nicht eine vorzügliche Speise?" Der distinguiert gekleidete, etwa fünfzigjährige Diplomat hatte die Frage genau in dem Moment gestellt, als Jan eine erste Gabel der Mischung aus Reis, Gemüse und Lammfleisch probierte. Jan nickte mit dem Kopf.

„Der Tradition nach wird er mit dem Löffel gegessen, doch uns Fremdlingen sieht man das nach", bemerkte Herr Dr. Reck. „Schmecken Sie die Berberitzen heraus?"

Reck begann ihm schon jetzt auf die Nerven zu gehen. Während der Attaché seine Mahlzeit einnahm, schien er sich anhand von Jans Konversationsfähigkeiten, aber auch mittels seiner Tischmanieren ein genaues Bild seines Charakters zu machen. Zuweilen umspielte ein ironisches Lächeln seinen Mund. „Sind Sie denn schon auf Herrn Kien getroffen? - Nein? Nun, er wird sich vermutlich im Laufe des Nachmittags einfinden, - wie das so seine Art ist." Reck räusperte sich.

Schweigend hatte der Dolmetscher inzwischen seine Mahlzeit verzehrt. Als er nun Anstalten machte, sich einen Nachschlag zu holen, bat ihn Dr. Reck, eine Flasche Mineralwasser mitzubringen. „Und fragen Sie doch gleich Frau Schuten, die dort am Buffet steht, ob sie sich nicht zu uns setzen möchte."

Jan nahm vom Salat.

„Salat Olivier", erläuterte Reck. „Eine typisch russische Speise. Aber das wissen Sie natürlich, Sie waren ja einige Jahre in Moskau." Reck 'spielte auf seinen Nerven', wie die Russen sagten. Jan sah auf die Mayonnaise-Pampe.

„So vieles hier in Usbekistan ist russisch geprägt und wird es noch viele Jahre bleiben. Dennoch - das Land ist im Umbruch. Für meinen Geschmack sucht es seine Wurzeln mitunter allzu forciert. Ich hoffe, unser Andrej studiert bereits seit geraumer Zeit mit Fleiß das Usbekische, denn ein Dolmetscher für Russisch dürfte hier bald fehl am Platze sein."

Wenige Augenblicke später stellte Frau Schuten behutsam ihr Tablett auf dem Tisch ab und setzte sich zu ihnen. Sie erinnerte Jan an Uschi Glas in 'Zur Sache, Schätzchen'. Reck stellte sie einander vor: „Frau Schuten, unersetzliche Kraft in der Visaabteilung, - Herr Werder, Nachfolger Herrn Soldes."

10

Tvoludin schenkte Frau Schuten eine Schale grünen Tees ein. Während sie sich leicht nach vorn beugte, um den Tee zu trinken, fiel Jan das Goldkettchen auf, das sie um den Hals trug. Ein kleiner goldener Delphin leuchtete im Ausschnitt ihrer Bluse auf, dort, wo im Dunkeln der Ansatz ihrer Brüste mehr zu erahnen als zu erkennen war. Sie aß schweigend und hörte dem Wirtschaftsattaché zu.

„Ein erschütternder Vorfall", bemerkte dieser.

„Die Passstraße ist nicht ungefährlich", stellte Tvoludin fest.

„Aber Solde war sie schon etliche Male gefahren. - Ein tatkräftiger Mann. Meist verzichtete er auf einen Fahrer und fuhr allein ins Fergana-Tal hinüber. An jenem Tag herrschte Nebel oben auf dem Pass. Wagen und Leiche wurden erst zwei Tage später in einer Schlucht gefunden. Das Ganze bleibt meiner Meinung nach aber merkwürdig."

Frau Schuten hatte kaum etwas gegessen und zog, während alle sich erhoben, eine Packung Zigaretten aus ihrer Handtasche hervor.

Auf dem kurzen Weg zur Botschaft rauchte sie zwei Zigaretten. Hinter ihr hergehend bewertete Jan ihre Figur mit 'gut plus', fragte sich aber auch, wie sie es bei dieser Hitze in solch engen Jeans aushielt. Von Rohren, die über dem Kanal verliefen, sprangen kleine Jungen ins schmutzige Wasser.

Als sie das Tor durchschritten hatten, lud sie Jan zu einer Tasse Kaffee in ihr Büro ein. „Gerade von der Spedition aus Deutschland geliefert", sagte sie stolz. Während der Kaffee durchlief, zeigte sie ihm ihre Topfpflanzen. Schließlich saßen sie sich gegenüber, hielten jeder eine Tasse in der Hand und schauten sich an. Überrascht bemerkte Jan, dass es fast aussah, als gebe der Henkel Frau Schuten - „Ich heiße Franziska" - Halt - nicht umgekehrt.

„Hartmut", begann sie mit brüchiger Stimme, „hatte soviel vor." Sie konnte nicht weitersprechen und nahm einen Schluck

Kaffee. Ihre Bambi- Wimpern klimperten heftig. Jan räusperte sich. Endlich fuhr sie fort. „Ein paar Tage vor seinem Tod sagte er mir, dass die Bekämpfung des Drogenhandels an den Grenzen gerade auch dank unserer Hilfe immer besser laufe. Und dann ..." Jan nippte am Kaffee und wartete. „Von Anfang an", stieß sie plötzlich hervor, „war ich davon überzeugt, dass es kein Unfall war. Aber alle anderen hier scheinen diese Version akzeptiert zu haben. Vielleicht finden Sie ja etwas heraus." Sie sah ihn bittend mit ihren großen blauen Augen an und er nickte. Nun stellte sie die Kaffeetasse zur Seite. „Hartmut war dieser Auftrag so wichtig, und ich spüre, dass Sie seine Arbeit genauso gewissenhaft fortführen werden."

Jan sah Franziska Schuten an und stellte sich vor, wie sie mit seinem Vorgänger im Bett war.

„Er war ein so guter Mensch." Ihre Lippen bebten.

Jan ließ seine Tasse halbvoll stehen und nickte ihr an der Tür noch einmal aufmunternd zu.

Weil ihm das Warten im Büro wie das Sitzen in einem Wartezimmer vorgekommen wäre, inspizierte er auf einer kleinen Runde das Botschaftsgelände. Vom Parkplatz aus führte ein Weg an der Längswand des Betonklotzes vorbei. An den Fenstern hingen alte, sprotzelnde Klimaanlagen. Hinten lagen ein Tennisplatz und ein Swimming-Pool, beide verlassen. Er ging wieder zurück und setzte sich auf eine Bank neben dem Parkplatz. Die Mehrzahl der Botschaftsmitarbeiter schien Geländewagen zu fahren. Im flirrend grellen Licht musste er die Augen zusammenkneifen und ärgerte sich, dass seine Sonnenbrille noch im Koffer lag. Über ihm rauschten Bäume im heißen Wind.

Anna wandte sich ab. Er sah noch, dass ihre Oberlippe seltsam vorgestülpt war. Sie weinte, und ihre Schultern zuckten.

Einen Moment lang musste er eingenickt sein. Als er

12

aufschaute, ging der Botschafter gerade zu einem weißen Mercedes mit schwarzrotgoldener Standarte. Der Fahrer öffnete ihm die Tür, Dr. Liemer stieg ein und bestand darauf, die Tür selbst wieder zu schließen. Das Gittertor öffnete sich elektrisch, und der Mercedes fuhr hinaus.

Innerhalb der nächsten halben Stunde kamen nach und nach einige Mitarbeiter aus dem Gebäude, gingen zu ihren Wagen und verließen das Gelände. Als Franziska in ihren Cherokee Jeep stieg, grüßte Jan zu ihr hinüber. Vielleicht war sie zu sehr in Gedanken versunken oder sah ihn durch ihre Sonnenbrille nicht - jedenfalls grüßte sie nicht zurück.

Kurz darauf stieg der Wirtschaftsattaché in seinen Landrover Defender und rollte in Richtung Ausfahrt. Plötzlich hielt das Fahrzeug, ein Fenster schob sich hinunter und Dr. Reck rief ihm zu, Herr Kien habe sich krankgemeldet, jedoch für ihn und auch für den neuen Kanzler sowie dessen Gattin eine kleine Stadtführung organisiert. „In einer halben Stunde. Start am Erdbebendenkmal."

2

Ist alles nur Gefasel, Sherry-Brandy[2]

Kien ging aus dem Haus und im Schatten unter den Ulmen entlang. Er setzte sich auf eine Mauer, schaute auf das Haus zurück, in dem er jetzt seit mehr als einem Jahr wohnte, ein russisches Holzhaus, hellblau, und zündete sich eine Zigarette an. Er mochte die unparfümierte usbekische 'Pine' - ahh, der Schwindel nach einem tiefen Zug! - und die ungewohnten Gedanken, die sich aus diesem Schwindel ergaben. Er stellte sich vor, wie sein Haus in die Luft flog. 'Taschkentsky Point' – ein Blick in die Zukunft? Möglich.

Trotzdem fühlte er sich gut, wie seit langem nicht mehr. Weil er sich krankgemeldet hatte, ohne krank zu sein. Eine diebische Freude überkam ihn, wenn er an all die vom Beruf deformierten, irgendetwas hinterherjagenden Wesen dachte, die heute ohne ihn durch die Gänge der Botschaften und Ministerien liefen. Der neue Mitarbeiter würde sich einen Tag lang auch ohne ihn zurechtfinden, zumal er ihm ja eine Stadtführung organisiert hatte.

Kien mochte sein grünes, etwas verfallenes Viertel oberhalb des Luna Parks. Er ging zu einer blühenden Albizie und betrachtete die zart gefiederten Blätter und wunderbaren Blüten - fragile Flauschgebilde, am Ende der flimmernden Härchen pfirsichfarben gepudert, - Ballett tanzende Feen, die er beschützen wollte. Kien stellte sich vor, wie seine Kollegen reagieren würden, teilte er ihnen solche Gedanken mit. 'Weichei', 'Blumenflüsterer' käme vielleicht von den deutschen, 'douchebag', 'sissy' von den amerikanischen Agenten, 'faggot' von den britischen.

---

2   Ossip Mandelstam: Sherry-Brandy

Kien sah noch einmal zum Haus zurück, sah sich darin liegen, sah Gestalten, die sich anschlichen, hörte schallgedämpfte Schüsse - double tap. Er fühlte, wie die Angst, die ihn ständig begleitete, stärker wurde. Äußerlich ruhig ging er ein paar Querstraßen weiter, bis er vor einer seiner beiden Stammkneipen stand, der 'American Sportsbar', einem fast nur von Expats besuchten, dunklen 'watering hole'. Er liebte die frühen Abendstunden in einer Bar, wenn es noch still war und nur wenige Leute am Tresen saßen, den ersten Schluck des ersten Drinks, vielleicht eines Gimlets, und das langsame Einsetzen der Wirkung. Ohne Zweifel war er Alkoholiker, hatte die Sucht aber meist gut im Griff. In letzter Zeit waren die Nächte allerdings öfter schlecht ausgegangen. Er nahm das als Zeichen, dass er nicht im Gleichgewicht war. Sicher hatte das mit Hartmut Soldes Tod zu tun, der ihn erschüttert hatte und den er vielleicht auf irgendeine Art hätte verhindern können. Er hatte Solde auf die Gruppe 'Seide' angesetzt und ihn mit der Aufgabe dort im Fergana-Tal alleingelassen. Hier in der Bar hatten sie oft zusammengesessen und getrunken, bevor Solde sich mit Franziska Schuten zusammengetan hatte. Hartmut bedachtsam vor seinem Bier, genau auf dem Barhocker, der jetzt leer neben ihm stand.

Wie Kien es gewohnt war, ließ er den Blick durch die Bar schweifen und beobachtete dabei die Gäste, von denen er einige kannte. Da war der Bundeswehrmajor Sass, der nicht mehr mit ihm sprach, seit Kien ihn betrunken einmal 'SA – SS' genannt hatte. Jetzt durchbohrte Sass ihn nur noch mit stechendem Blick. Kein Verlust. Der Mann war völlig humorlos, von seiner Wichtigkeit überzeugt. Noch schlimmer aber als Sass und die anderen Bundeswehroffiziere oder die immer dasselbe sagenden Botschaftsleute waren die kernigen US-Militärs und -Diplomaten, Typen wie der US-Attaché, dessen Augen wie hartgekochte Eier aussahen und der gerade

15

wieder lautstark seinen 'Buddy-ism' zelebrierte. Eigentlich wäre hier mal eine richtige Saloon-Schlägerei fällig, dachte Kien, bei der Leute durchs Fenster flogen und so endlich Luft von außen in diesen Klimaanlagenmief hereinließen.

Heute war die Britin wieder einmal da, eine Hotelmanagerin, deren Witz noch trockener war als die Martinis, die sie Kette schlürfte, und mit der er einmal sogar tanzen gegangen war. Sie unterhielt sich gerade mit einem ihm unbekannten Mann, - vielleicht ein Journalist.

Nein, heute würde er hier keinen Zugang finden, wurde Kien klar und er beschloss, das Lokal zu wechseln. Er ging in die Nacht mit ihrer heißen, nach gegrilltem Fleisch riechenden Luft hinaus. Durch die Kiefern über ihm sah er hinauf zum roten Himmel und während er ein paar Blocks weiter durch die Wohngegend ging, schien es ihm so, als folge ihm ein dunkler Wolga. Alles okay, solange kein Lichtpunkt auf ihn fiel oder der Wagen plötzlich beschleunigte.

Das kleine armenische Restaurant hatte eine Art Veranda, von der aus man zwischen den Bäumen hindurch auf die Lichter der Stadt schauen konnte. Dazu erst einmal 200 Gramm Wodka und eine Schale Kharovaz. Der scharfe Gurkensalat mit frischem Koriander, Tomaten, Zwiebeln, Knoblauch und Granatapfel war Kiens Lieblingsessen. 'Da könnte ich mich reinsetzen', hätte sein rheinischer Ex-Kollege Pütz gesagt. - Tot seit einem Jahr, tot wie Hartmut, den er ins Tal hätte begleiten sollen, obwohl dessen Berichte über die Operation seltsam schwammig gewesen waren, so dass Kien den Stand der Dinge im Grunde genommen gar nicht gekannt hatte. Sodiqov, den Solde hatte treffen wollen, war sicher eine Schlüsselfigur, ein Fergana-Magnat, der wie ein Fürst in Andijon Hof hielt, offiziell im Seidengeschäft war, aber vor allem mit Waffenhandel seine Gewinne erwirtschaftete. Er konnte die Schaltstelle zu Terroristen sein, die sich in den nahen, unwegsamen Bergregionen Kyrgystans versteckten.

16

Kien dachte an Namangani, den berüchtigten Terroristen, der erst vor kurzem bei einem Luftschlag getötet worden war. Angeblich hatte er Amtsträger köpfen und die Köpfe vor dem Rathaus auf Stangen spießen lassen. Damals schon hatte die Regierung mit aller Härte zugeschlagen und Hunderte als Kollaborateure wahabitischen Terrors verhaftet. Vielleicht war Sodiqov aber auch eine Spielfigur der usbekischen Regierung ... Ah, der Pfefferwodka! Den Neuen konnte er getrost ins Tal fahren lassen, denn zu Sodiqov würde dieser Werder auf keinen Fall vordringen. Er, Kien, würde sich genug Zeit für seinen nächsten Schachzug nehmen, so dass sich der Gegner in Sicherheit wiegte. Wie war das? Steinitz war der Ansicht gewesen, es gäbe in jeder Situation einen besten Zug. Lasker dagegen hatte die Wirkung des Zuges auf die Psyche des Gegners für entscheidend gehalten: Überraschung, Bluff, Einlullung ... Aber widersprachen sich diese beiden Überlegungen eigentlich?

Der Fall 'Solde' schien geklärt. Kien hatte sich die Unfallstelle angesehen: eine graue, gelegentlich gleißende Schotterpiste am verbrannten Hang, die dort, wo Bremsspuren hätten sein müssen, keine aufwies. Das allerdings war noch kein Beweis für ein Eingreifen von außen. Der Nexia war durch ein paar Büsche gebrochen, das konnte man erkennen -, war dann in eine Schlucht gestürzt und verbrannt. Kien hatte ein einziges Haus in der Gegend gesehen, etwa drei Kilometer vor dem Unfallort, abseits der Straße, das aussah wie eine verlassene Unterkunft für Zollbeamte oder Milizionäre, zweigeschossig, ganz anders als die Häuser der Viehhirten, und er hatte sofort gewusst, dass Solde dort ermordet worden war. Er vertraute seiner Intuition. Sie mussten Solde auf der Straße angehalten haben, hatten ihn ins Haus gebracht, dort bewusstlos geschlagen, in sein Auto gelegt, waren zur Schlucht gefahren, hatten den Ohnmächtigen auf den Fahrersitz gesetzt und den Wagen von der Straße geschoben, so dass er in die Schlucht stürzte. Dort war Solde verbrannt. Die deutschen Experten hatten keine Zeichen von Manipulation gefunden, und der Leichnam war nach Deutschland geflogen worden, wo auch die Gerichtsmediziner nichts Auffälliges hatten finden können. Kien aber wusste, dass der MXX, der usbekische Geheimdienst, Solde ermordet hatte, wollte die Mörder jedoch nicht wissen lassen, dass er es wusste. Er würde sie, wenn sie es am wenigsten erwarteten, spüren lassen, dass sie einen falschen Zug gemacht hatten. Es war ja erst ein paar Monate her, die wilden Tulpen hatten rot geblüht - die Hänge mit Blut besprenkelt.

Hinter ihm fiel etwas funzeliges Licht durch eines der Fenster auf die Veranda und er hörte den Satz auf Russisch 'Ich wette, dass die Packung noch nicht leer ist'. 'Ich wette, dass ich noch nicht tot bin', hatte Mandelstam geschrieben. Jemand stellte sich ans Fenster und blies Rauch hinaus. Auch Kien zündete sich eine Zigarette an, die letzte 'Pine' in der Packung, the trail of the lonesome pine ... Er dachte an Jakob. Was er jetzt wohl gerade machte? Hier war's elf Uhr nachts, in Deutschland acht. Ein 16-Jähriger? Saß bestimmt in seinem Zimmer und spielte ein Computerspiel, hatte vorher mit seiner Mutter zu Abend gegessen, Kien sah kurz ihr Gesicht, wie es früher einmal ausgesehen hatte, weich, ohne die Falten um den enttäuschten Mund. Wie Jakob wohl ausschaute? Sicher war er hoch aufgeschossen inzwischen, größer als er, sah ihm nicht besonders ähnlich, höchstens der Blick, nur waren die Augen nougatbraun, ganz anders als seine, die er immer, wenn er sich, was selten vorkam, im Spiegel ansah, als verstörend hell empfand.

Zuletzt gesehen hatte er Jakob vor mehr als einem Jahr, als er kurz in München gewesen war. Sie hatten vor einem Café gesessen und sich nicht viel zu sagen gehabt. Von sich aus erzählte er nichts, sein schweigsamer Sohn. Man musste die richtigen Fragen stellen. Die waren Kien aber an jenem Tag nicht eingefallen. Nur Standarderkundigungen nach Schule, Freunden, Sport. Als Jakob gefragt hatte, ob das ein Verhör werden solle, hatte Kien aufgegeben. Soweit er das beurteilen konnte, lief alles normal. Und der Junge kam offenbar recht gut mit Ingrid zurecht. Kien wollte nicht an sie denken, aber sah ihr Gesicht, früher, schön, im Halbdunkel des Schlafzimmers, meinte ihre weichen Lippen zu fühlen, ihre langen Haare umgaben ihn wie ein duftender Wasserfall, unter dem die Zeit stillstand ...

Kien schenkte sich ein und trank eine Einheit. Er streckte die Beine aus, schaute auf seine Schuhe, Altmännerschuhe, und hatte plötzlich die 'Rudolf-Heß-Siedlung', wie sie früher geheißen hatte, vor Augen, das Gelände in Pullach, mit den Häusern, in denen es sich auserwählte Nazis hatten gutgehen lassen, Bormann und die Seinen, bis zum Kriegsende. Alles war verseucht von Brutalität und Ungeist. Dass der BND ausgerechnet dort seine Zentrale eingerichtet hatte. Wie war er nur bei diesem Verein gelandet? Er hatte Psychologie studiert, die alten Nazis gehasst und angegriffen, die noch überall auf guten Posten saßen, er wollte sie finden und bloßstellen, die Ärzte, Richter und Professoren. Er hatte die im Ausland Untergetauchten jagen wollen, die Mörder, die Mengeles, aber auch die Schreibtischtäter, er wollte ihnen auflauern wie der Mossad, wollte, dass sie ihre Schuld erkannten, zusammenbrachen, bereuten, Buße taten oder sich das Leben nahmen. Wollte, dass sie bestraft wurden. Deshalb hatte er den Weg zum BND gewählt, war aber damit in eine Organisation geraten, in der er umgeben von alten Nazis war. Die Zeit damals war furchtbar gewesen. Hochrangige Leute wie Filbinger, der Blut an den Händen hatte, Lenker wie Globke, Theoretiker wie Huber, die Edelriege der Geistesmenschen und Schaffenden wie Heidegger, Riefenstahl, Speer. Alles zum Kotzen. Er war nicht weit gekommen. Mitte der Sechziger und gegen Ende des Jahrzehnts hatten ihn die eifernden Studenten,

19

deren Ablehnung der Vätergeneration sicher richtig war, abgestoßen mit ihrer Dogmatik und ihren Ausschüssen, die ihn an Tribunale vor dem Volksgerichtshof erinnerten. Nie hatte er irgendwo hineingepasst. Beim BND war sein einziger 'Vertrauter' Büttner gewesen, ein alter Hase, der es nach zehnjähriger russischer Kriegsgefangenschaft geschafft hatte, von der Organisation übernommen zu werden, und der wegen seiner Kenntnisse Russlands, der russischen Sprache und seiner Ideen schnell aufgestiegen war. Allerdings war Büttner ein Wrack gewesen, wie viele späte Kriegsheimkehrer nur unter Alkohol funktionierend. Er hatte nie von der Gefangenschaft erzählt, nur von der Zeit davor, zum Beispiel wie er bei Königsberg sein Auge durch einen Granatsplitter verloren hatte. In feuchtfröhlicher Runde hatte Büttner gerne mit den Worten 'Ich seh nicht mehr klar' sein Glasauge herausgenommen. Er hatte es am Hemd blank gerieben und wieder eingesetzt, um dann mit einem 'Schon viel besser' zum Glas zu greifen. Büttner und ihn hatte das Interesse an der russischen Literatur und am Schach verbunden. Sie passten nicht zur Meute der kalten Krieger, die nach oben kuschten und nach unten traten, weder zu den Strammstehern, die zu Anschnauzern wurden, noch zu den Machiavellisten oder den Mitläufern … Plötzlich stellte Kien sich Büttner im Sarg vor, verfallen, das Glasauge leuchtend …

Schade, dass Xenia heute Nacht nicht hier war, seine geistreiche Sparringspartnerin. Kien stemmte sich hoch, gab Grischa, der aus der Küche kam, das Geld und hätte ihm gern zum Abschied über das kratzige, blauschwarze Kinn gestrichen.

3

I could be happy the rest of my life
with a cinnamon girl[3]

Sozialistischer Schrott, dachte Jan, während er das Denkmal genauer betrachtete und wartete. Mister Bombastic, von einer Brünhilde flankiert, will irgendwas anhalten, Hulk-mäßig - Sofort einschmelzen das Ganze und 50.000 Bratpfannen draus machen, - ach nee, war ja aus Stein.

Er beobachtete zwei Hochzeitspaare, die vor dem Denkmal für Fotos posierten. Dann latschten den Fotografen zwei Gestalten ins Bild. Der Mann war als Tropenforscher verkleidet, die Frau wirkte wie ein gealtertes Blumenkind. Das mussten der Kanzler und seine Frau sein. Der bierbäuchige Indiana Jones war einfach stehengeblieben, weil er Jan als Deutschen ausgemacht hatte. Jetzt winkte er ihm zu. Die Fotografen baten 'Indy' aus dem Bild zu gehen, aber der gab weiter Zeichen. Jan tat so, als bemerke er das nicht, wartete ab, was geschehen würde und schaute in eine andere Richtung. Kurz darauf hörte er den Mann schreien: „Ich nix verstehen! Interessiert mich nich!"

Als sie ein paar Minuten später beisammen standen, wunderte sich der Schlapphut, dass Jan ihn nicht gesehen hatte. Jan hörte ihm kaum zu und erfand einfach, dass er am Telefon gewesen sei. Gert Schnauber war ein Typ wie der vom Blauen Bock aus Jans Jugend, fehlte nur der Bembel, sie, Carmen, in buntem Kleid, mit indischen Arm- und Fußreifen, hatte sich in Jahrzehnten vom Provinzschlumpfenmädchen zur kulturgelangweilten Mondänen hochgearbeitet und -geliftet.

Zusammen ärgerten sich die drei Deutschen jetzt, dass sie auf die Fremdenführerin warten mussten. Gert kontrollierte

---

3   Neil Young: Cinnamon Girl

immer wieder die vielen Taschen seines Survival-Outfits. Plötzlich sah Jan, wie Carmens Gesichtszüge entgleisten, eins ihrer Augen schien schief zu hängen, in ein süßes Wangengrübchen musste ein Silikonkissen hineingerutscht sein und beulte die Backe aus wie beim Glöckner von Notre-Dame. Sie musste in Jans Rücken etwas gesehen haben, was ihr schwer zu schaffen machte. Neugierig (gleichzeitig Carmen die Gelegenheit gebend, Teile ihres Gesichts wieder an die richtige Stelle zu schieben) drehte er sich um und erstarrte: Eine engelsgleiche Beauty schritt anmutig und lächelnd auf sie zu. Sie stellte sich vor, aber Jan vergaß sofort alles, was sie sagte, weil sein Gehirn nicht genug Rechenleistung hatte, um ihren Anblick zu verarbeiten. Meergrüne Augen, ein Hauch Tizianrot im Haar, Mila Jovovich …

Als er wieder zugeschaltet war, hörte Jan, dass sie vom Erdbeben 1966 sprach, das mehr als 300.000 Menschen obdachlos gemacht hatte. Genosse Vorsitzender Rashidow, nach dem die Straße hier benannt sei, habe aber vor allem um das Hochhaus der Parteizentrale gebangt. „Etwas die Straße runter – das Ding steht immer noch."

Ganz schön frech, dachte Jan.

Warum sich denn Brautpaare vor dem Denkmal fotografieren ließen, fragte Carmen.

X – Jan wusste immer noch nicht, wie sie hieß – zuckte entwaffnend mit den Schultern. „Tradition." Dann erklärte sie usbekische Hochzeitsbräuche, zum Beispiel, dass man mindestens 200 Leute einladen müsse und viele Paare sich schon allein für den Plow auf Jahre verschuldeten. Carmen grätschte in die Erläuterungen mit der Frage hinein, ob sie Russin oder Usbekin sei.

„Eine Mischung. Meine Mutter ist Russin, mein Vater war Usbeke. Er ist vor ein paar Jahren gestorben."

Sie liefen nun durch eine usbekische Mahalla, ein aus

einstöckigen, verschlossen wirkenden Häusern bestehendes Viertel. Um die Häuser standen Bäume, ihre Fremdenführerin zeigte ihnen einen Maulbeerbaum und wollte etwas über die Seidenproduktion sagen, als die Kanzlergattin wieder eins ihrer kleinen Verhöre begann, diesmal über Dinas politische Einstellung. Dina! Carmen hatte im Gegensatz zu ihm den Namen behalten. Jan hätte ihr gern geholfen, stand aber nur stumm daneben. Es musste Dinas Schönheit sein, die ihn verunsicherte, ihre Figur, ihr dunkles Haar im kurzen Bobschnitt, die mauvefarbenen Lippen, ein Duft nach Pfirsich …

Gert rettete sie alle aus der Verhör-Bredouille, indem er jammerte, die Hitze sei ihm zuviel. „Wir sind schon da", sagte Dina, klopfte an eine Tür und sie wurden in einen kühlen Innenhof eingelassen. Der Gastgeber, ein alter usbekischer Dichter, begrüßte sie und sie ließen sich auf einem großen Teetrinkbett nieder. Frau und Töchter des Dichters bewirteten sie mit Wasser, grünem Tee, Gebäck, Trockenaprikosen, in Asche gebackenen Mandeln, Rosinen und Walnüssen.

Der Hausherr sagte, er sei in düsterer Stimmung, er vermisse die Freiheit, auf die er gehofft habe, mehr wollte er dazu nicht sagen. Er redete von einem Gedicht über Usbekistan des kommunistischen Dichters Peter Hacks, den er auf unterhaltsame Weise bösartig finde, allerdings reime er zuviel.

Jan war etwas gelangweilt, aber er staunte, wie es Dina gelang, den alten Trübling aufzuheitern. Ihre Scherze waren zum Teil etwas gewagt, wie Jan fand, er hoffte, niemand hörte mit, aber gerade diese frechen Einfälle brachten den Alten zum Lachen, vor allem "Kröterich Kariesmuff" für Karimov.

Wie man Sauerkraut mache, fragte er Jan plötzlich.

Als schließlich noch der Sohn mit der usbekischen Laute Musik machte, wurde die Stimmung heiter, Dina sang mit und alle Frauen tanzten.

Bei der Verabschiedung sagte der Dichter, sein Haus stehe ihnen immer offen.

Gestärkt hielten sie die anschließende Viertelstunde Fußmarsch unter der sengenden Sonne durch und standen dann vor dem hässlichen Hochhaushotel 'Uzbekistan'.

„Sie alle haben sicher schon vom herrlichen Registan in Samarkand gehört, den drei wunderschönen Medresen, die sich dort gegenüberstehen", sagte Dina. „Das hier ist unser Taschkenter Registan – tatá!" Amüsiert über ihre eigene Idee musste sie lachen. „Das Hotel mit Kakerlakengarantie, das Schrott-Kaufhaus 'ZUM' und die zugegeben ganz hübsche Oper, die aber immer dieselben drei Stücke spielt."

„Ich hab Durst", stöhnte Gert im Hintergrund.

„Gleich kaufen wir was."

Jan genoss die Wasserschleier der Springbrunnen-Fontäne, sorgte sich nur ein wenig um den Sitz seiner Frisur. Dina aber zeigte auf die große metallene Baumwollkapsel, aus deren Düsen die Wassermengen spritzten und sagte, dass es ja die Baumwollproduktion gewesen sei, diese Wahnsinnsidee der Sowjetunion, die zur Austrocknung der Flüsse und des Aralsees geführt habe. Das Wasser müsse also eigentlich von der Baumwollkapsel verschlungen werden oder der Springbrunnen müsse als Mahnmal immer trocken bleiben. Jan fagte sich, wie es wäre, sie zu küssen.

Kurz darauf führte sie die Gruppe eine Fußgängerzonenstraße entlang, auf der Ölbilder verkauft wurden und Plowtopftonnen qualmten. Gert blieb an einer Tonne stehen. „Ist noch nicht fertig", sagte Dina und schob ihn weiter. „Das hier ist unser Broadway – und das ...", sie wandte sich zu einem langgestreckten Gebäude, „das Ministerium für Innere Sicherheit." Im Weitergehen sagte sie flüsternd, dass in den Kellern dort politische Gefangene gefoltert würden. Allen stockte der Atem, auch weil sie wussten, wieviel sie riskierte, wenn sie so etwas sagte. Jan hatte zwar Berichte über die

Folterungen in usbekischen Gefängnissen gelesen, sich aber nicht klargemacht, dass sie gleich nebenan stattfanden. Amir Timur, der grausame Tamerlan, vor dessen Reiterdenkmal sie ein paar Minuten später standen, war wirklich ein passend gewählter Staatsgründer.

„Ein Schlächter", flüsterte Dina, „- das wäre so, als würde Deutschland heute einem Kult um diesen General aus dem zweiten Weltkrieg verfallen, dem mit dem Totenschädel in der Pelzmütze, wie hieß er noch, Mackensen, oder plötzlich überall den Niedermetzler der Hereros verehren, den General von Trotha. Nur war Timur noch schlimmer."

Jetzt platzte Carmen der Kragen. „Hören Sie doch auf, Ihr eigenes Land madig zu machen. Immer diese Negativität! Was wäre, wenn das Ministerium von Ihren Bemerkungen erfährt?" Alle waren entsetzt über die Entgleisung des Blumenkinds, aber Dina reagierte gelassen. „Das ist es ja gerade. Andererseits wär ich dann meinen Job mit solchen Nervensägen wie Ihnen los ...", sie lächelte, dann klatschte sie in die Hände. „Weiter."

Carmen schnappte nach Luft wie ihr kurzatmiger Mann.

„Wir gehen hier über den Unabhängigkeitsplatz und dann an den Ministerien vorbei." Sie näherten sich den 100 Meter langen Wasserbecken, die die Hochhausbauten flankierten. „1999 sind hier Autobomben explodiert. Wer es war, wurde nie wirklich geklärt. Es lief eher so wie in 'Casablanca': 'Verhaften Sie die üblichen Verdächtigen'. Aber im Film ist der Böse ja eigentlich noch ganz nett."

Carmen grummelte.

„Jetzt aber Schluss mit traurig", rief Dina. „Kann man das so sagen?" Sie ging mit ihnen zur vor ihnen hochschießenden, glitzernden Wasserwand, zog ihre Sandalen aus und ging durch den kühlenden Tropfennebel. Sie folgten ihr und waren am Ende der Strecke alle durchnässt. Es war wunderbar, aber der glühende Wind, der über den weiten Betonplatz blies, trocknete sie allzu schnell wieder.

Sie gelangten zu einem schattigen Kanal, an dem sich ein vorsintflutlicher Sportklub eingerichtet hatte. Er hieß 'morzh' - Walross - nach den Eisbadern russischer Tradition. Dicke alte Russinnen und Russen spielten auf verwitterten Betonplätzen Badminton, die Männer stemmten angerostete Gewichte, pulten Trockenfisch und tranken Bier. Dina sagte, ihre Mutter komme oft hierher und sie selbst spiele hier manchmal Badminton, aber die Alten würden den Federball ganz schön fies übers Netz patschen.

Danach führte Dina die Gruppe durch einen Park. Dort schienen sich vor allem Liebespaare zum Händchenhalten zu treffen und vielleicht zu einigen kurzen Küsschen. „Verboten", sagte sie. „Die Polizei ist überall."

Jan kam es vor, als sei er in einem Traum. Er staunte über alles, was Dina sagte.

Sie gingen an einigen großen Betonquadern vorbei, der erste war ein Kino, dann kam irgendwas anderes Kulturelles. „Wer sich erfrischen möchte: erster Stock rechts." Jan ging unten an Fotostellwänden entlang, auf denen usbekische Geistesführer abgebildet waren. Viele der usbekischen Denker und Lenker waren zu sowjetischer Zeit verhaftet und ermordet worden, vor allem, hatte er den Eindruck, wenn sie stark den muslimischen Glauben vertraten. Aber darin konnte er sich auch irren. Das Bild, das sich oben dann auf der Toilette bot, überraschte ihn. Der Boden stand unter Wasser, es gab keine Klobrille und auf dem Rand der Kloschüssel waren Fußabdrücke. Man verrichtete das große Geschäft also in der Hocke. Überall hatte er Männer schon auf ihren Fersen sitzen sehen, rauchend, ausspuckend, Kürbiskerne kauend und meist auf irgendetwas oder irgendjemanden wartend. Klopapier gab es nicht, stattdessen eine Plastikflasche Wasser und eine Schale mit Sand.

Sie gingen ein kurzes Stück zurück und stiegen zur Metro

O'zbekiston hinunter, steckten die Jetons, die Dina ihnen gegeben hatte, in die Drehschranken-Automaten. Unten im Gewölbe war es kühl, leer, marmorn. Große Lampenleuchter in Form von Baumwollblüten verbreiteten angenehm schummriges Licht. Dina erzählte von ihrer Lieblingshaltestelle 'Kosmonavtlar', die sie an die Raumstation im Tarkovskij-Film 'Solaris' erinnere. Man fühle sich dort wie in einem Aquarium oder in einer Kapsel im Ozean des Planeten, der die Bilder, die man im Kopf habe, nachbilde, an den Wänden seien Bullaugen angebracht mit den Gesichtern berühmter Kosmonauten, so dass es scheine, als blickten sie vom düsteren Weltraum aus herein.

Carmen verdrehte nur die Augen, ihr Mann sackte taumelnd auf eine Bank.

Die lärmende U-Bahn schob ihnen schon vor der Ankunft kühlende Luft ins Gesicht. Die Waggons waren denen in Moskau und Petersburg ähnlich, kastig und geräumig. Sie fuhren nur drei Stationen.

Der größte Bazar der Stadt lag im Schatten einer riesigen blauen Kuppel. Hunderte von fliegenbesetzten Fleischstücken hingen dort nebeneinander an Haken und im Zentrum des Schattenrunds wurden Sauerquark, Salzgurken und Kräuter angeboten. Gert probierte Quark mit Knoblauch, Dill und Pfeffer, war begeistert und kaufte gleich eine Plastiktüte voll, „für'n Appel und'n Ei", wie er sagte. Carmen runzelte missbilligend die getrimmten Augenbrauen. Fladenbrot wurde in Öfen an die Wand geklebt, gebacken und aufgestapelt. Dina kaufte drei Fladen und bot sie an. Auf Tabletts häuften sich Berge von Nüssen und Dörrobst. Gert ließ sich getrocknete Aprikosen kaufen, rief „Hurrah, Klo, ich komme!", und Carmen wand sich. Kauend trabten sie an einer langen Reihe von Männern vorbei, die auf Pappschildern Handwerksarbeiten anboten.

Zum Abschluss wollte Dina der Gruppe noch etwas

Besonderes zeigen. Sie lotste sie zu einem unscheinbaren Gebäude. Darin traten sie vor eine große Vitrine, in der ein aufgeschlagenes Buch lag. Es war eines der ältesten Koran-Exemplare der Welt. „Ich hab Hunger", war alles, was Gert dazu einfiel. Zum Glück war Gert als Stimmungskanone dabei, dachte Jan.

Dina stellte sich an den Straßenrand und streckte einen Arm zur Seite. Sofort stoppte ein alter Lada und Dina verhandelte mit dem Fahrer, der lächelnd seine mit Blech beschlagenen Zähne zeigte. Während gleich darauf durch die heruntergekurbelten Fenster heiße Luft wehte, wollte er wissen, ob Jan verheiratet sei und erzählte, dass er in Magdeburg stationiert gewesen sei und zwei Frauen habe.

Tische standen in einem Innenhof, der von schon eingeschalteten Leuchtgirlanden überspannt war. An einem metallverzierten 'Datscha'-Wassertank konnte man sich die Hände waschen. Sie setzten sich und bestellten Lamm-Spieße. Dazu tranken sie Bier und - vor allem Gert - Wodka. Er musste sich immer wieder Stirn und Nacken mit einem eigens mitgebrachten Frottee-Tuch trocken moppen, damit ihm der Schweiß nicht ins Essen tropfte. Sein Kopf war hochrot. Carmen wandte sich ab. Es war ihr peinlich, neben einer Riesenmettwurst mit blondem Toupee zu sitzen.

Es dämmerte, Zikaden schrillten, Mücken sirrten. Jan fragte Dina, wie es mit Polizeikontrollen aussehe. Sie als Diplomaten, antwortete diese, hätten sowieso nichts zu befürchten. „Für uns ist das anders", fuhr sie fort, „'Schakale und Hyänen', nennen wir sie, sie sind Verbrecher, Sadisten, Vergewaltiger ...“

Alle schwiegen schockiert.

Carmen fragte, ob es denn nichts in diesem Land gebe, was gut sei.

„Na ja, da gibt's schon was. Die Gastfreundschaft, die Musik, die Natur ...“ Dina trank von ihrer Cola und fragte, worüber sie noch mehr erfahren wollten. Natürlich war es Carmen, die wissen wollte, wie Dina als junge Frau in solch einem Land leben könne.

„Verstellung und Lüge."

„Ha, genau!", rief Carmen angeschickert und wollte mit Dina anstoßen.

Dina leerte ihr Glas mit Cola. „Ist alles nicht einfach hier. Die meisten Russen haben das Land schon verlassen und ..."

„Night train to Georgia", sang plötzlich der betrunkene Gert einfach in ihre Worte hinein, aber Dina beachtete ihn nicht und sprach von den politischen Gefangenen. „Ungefähr 70.000 sitzen in den Gefängnissen und werden gefoltert. Bushs 'Kampf gegen den Terrorismus' dient der Regierung als Deckmantel, um Oppositionelle und Islamische Vereinigungen auszuschalten."

Letzteres sei ja eigentlich gar keine schlechte Idee, meinte Gert leicht lallend.

Carmen hatte nur halb zugehört, kam jetzt plötzlich in Erzähllaune und schilderte frühere Auslandsstationen wie Delhi: „die Fremdheit, die Kolonialspuren, die Mangos ...", Buenos Aires: „die Fremdheit, die Spuren der Juntazeit, die Tangos ..." und Bratislava: „die Fremdheit, die Spuren des Kommunismus, die Langoš ...". Sie konnte gut erzählen und dabei schwangen ihre großen Ohrringe, aber Jan wollte nur noch allein sein mit Dina, unter diesem Sternenhimmel.

Plötzlich aber wurde ihm klar, dass Carmen ihn angriff. Sie nannte ihn eine Mogelpackung von Mann, auf den sicher schon viele Frauen reingefallen seien. Doch Gert stand ihm bei: „Zeit für die Heia, Schatzi", nuschelte er mit schwerer Schlagseite. Sofort ließ seine Frau von Jan ab und bugsierte ihren schwankenden Gatten zur Straße, wo Dina schon ein Auto angehalten hatte. Carmens braungebrannter Arm, an dem die bunten Reifen klimperten, winkte ihnen noch aus dem Fenster des startenden Wagens nach.

Zu Jans großer Freude schlug Dina einen Spaziergang in Richtung Botschaft vor. Sie gingen langsam nebeneinander her. Überall wurde auf schmalen Grills Fleisch gebraten, und in den Kanälen am Straßenrand spiegelte sich der Mond. Die Bäume, Dina nannte ihre Namen, rauschten. Sie fragte, wo Jan vorher gewesen sei, außer in Deutschland, und er erzählte von Marokko, dem heißblütigen Temperament der Marokkaner, dem Minztee, den Tajinen, dem Haschisch und vom Bauchtanz. Er bemühte sich, lebendig zu erzählen, aber wahrscheinlich hatte sie ihn längst als seicht durchschaut: viel schöner Schein. Jetzt stockte er. Hatte er sich verhört? Hatte sie genau das gerade gesagt?

Er war einen Augenblick sprachlos.

Dina ging ganz gelassen neben ihm her.

„Sie sind ja Carmen Zwei", war alles, was ihm einfiel. Warum war sie wohl so angriffslustig? „Haben Sie schlechte Erfahrungen gemacht?" griff er in die Psychologenkiste.

„Fehlt nur noch, dass Sie 'Wovor haben Sie Angst?' fragen", erwiderte sie lachend.

Jan wartete ab, das war eine seiner Stärken. Aber sie sagte nichts, schlenderte einfach weiter. Schließlich musste er doch etwas sagen. „Dürfen Sie das denn?", fiel ihm ein. „Mit einem fremden Mann durch die Stadt spazieren?"

„Ich bin doch Fremdenführerin. Also besser so als mit einem Bekannten."

Jan strengte sich nun wirklich an, er wollte das Klischeebild, das er von Marokko geliefert hatte, mit lebendigen Beobachtungen ergänzen, aber es kamen nur ein paar Eindrücke zusammen. Männer Hand-in-Hand, Paul Bowles, 'Der Himmel über der Wüste' ...

„O, meine Mutter wäre begeistert, sie ist Literaturwissenschaftlerin."

„Arbeitet sie hier an einer Hochschule?"

„Nein, nicht mehr. Weil sie Russin ist, gibt es hier keine

Stelle mehr für sie."

„Das tut mir leid."

„Mit der Umstellung auf die usbekische Sprache hat sie ihre Arbeit verloren. Sie will nur weg, nach Petersburg – so schnell wie möglich."

Jan erwähnte, dass er eine Zeit lang in Sankt Petersburg gewesen sei.

„Wir waren mal zu Besuch da. Ich erinner mich noch an viel."

Anstatt zu fragen, woran sie sich erinnere, fragte er, ob sie allein lebe und merkte sofort, dass es die falsche Frage gewesen war.

„Tun wir das nicht alle?", fragte sie zurück und schwieg.

Seit einiger Zeit war kein Auto mehr an ihnen vorübergefahren. Jetzt gingen sie an einem Polizeikordon vorbei, der die Allee absperrte. „Gleich fährt der Kröterich vorbei", sagte sie, und Jan sah ihr Gesicht im Mondlicht, ihre glänzenden Augen und den magnetischen Mund. Aber sie gab ihm kein Zeichen und mit einer aufdringlichen Handlung, das wusste er, hätte er die Magie des Moments zerstört. Tatsächlich brummten nun Motorräder vorüber, schwarze Karossen zischten hinterher.

„'Poka', hörte er sie sagen und dachte, es gelte dem Präsidenten.

Als er sich ihr zuwandte, war sie fort. Der Gruß hatte ihm gegolten. Er versuchte, das Dunkel zwischen den Bäumen mit dem Blick zu durchdringen, aber nichts war zu entdecken – außer Hauswänden, Fenstergittern, einer Kanalböschung. Beobachtete sie ihn? Lauschte sie still an einen Baumstamm gedrückt? Langsam ging er weiter in Richtung seines Wohnblocks. Oder war sie in ein parkendes Auto gestiegen? Ein Auto, in dem ihr eifersüchtiger Freund ihnen gefolgt war – oder an einem vorher verabredeten Punkt gewartet hatte. Jan ärgerte sich, - der Abend war gelaufen.

In seiner Wohnung ließ er sich aufs Sofa fallen und zwang sich, an Berufliches zu denken. Morgen würde er Kien treffen, den er sich als abgehalfterten alten Mann vorstellte.

4

Alles auf der Welt muß langsam und verkehrt laufen,
damit der Mensch nicht hochmütig werde,
damit der Mensch traurig und verwirrt sei.[4]

Wieder beim Armenier, wieder betrunken.

Jemand setzte sich neben ihn, aber er war in Gedanken versunken. Nichts hatte er erreicht. Die Suppe, in der er rührte, war dicker geworden, die Feindbilder unklar, Eierstich – Pichelsteiner Eintopf – Schorpà, usbekische Nationalsuppe.

„Was grübelst du?", Xenia legte ihm eine Hand auf den Arm, und er sah ihre schönen Finger, die, bevor das Klavier hatte verkauft werden müssen, jeden Tag Chopin gespielt hatten.

„Ich denke darüber nach, ob die Welt immer schlechter wird."

„Und?"

„Selbstmordattentate, offizielles Foltern durch US-Militärs ..."

„Hexenverbrennungen, die Kreuzzüge, der Holocaust ..."

Sie drehte behutsam sein Gesicht in ihre Richtung, bis er sie ansah.

„Kakaja krassawitsa", sagte er, „Wörter für etwas Schönes, die nicht schön klingen."

„Du kannst es anders sagen."

„Flirtest du mit mir?"

„Natürlich, wozu bin ich sonst hier?"

„Deine Haare glänzen wie Regen, warm leuchtender Sherry deine Augen - Chérie ..."

Sie lachte.

---

4   Wenedikt Jerofejew: Die Reise nach Petuschki

„Deine Lippen schmecken nach Holzrauch ..."

„Hör auf, du bist betrunken."

„Die kleinen Fältchen vom Lachen und Küssen."

„Ein Onkel in Petersburg ist gestorben. Es sieht so aus, als ob Dina und ich in seine Wohnung ziehen könnten."

Das war ein Schlag. Er dachte an das Meer, den Schnee, die Kommunalkas, die er in Petersburg gesehen hatte. Große, auf etliche Mieter aufgeteilte Wohnungen. „Ich würde dich vermissen."

„Ach was! Wir sind doch nie einer Meinung. Du nennst Tolstoj einen sexbesessenen Egomanen, der sich nur in 'Vater Sergej' wirklich mit sich selbst auseinandergesetzt hat."

„Mmh."

„Mag ja sein. Aber er hat uns doch Lewins Eislaufen gegeben, die Szenen einer Ehe und -"

„Gut geschrieben, genau beobachtet, aber dieser graphomane Fürst mit seinen selbstgeschaffenen Problemen."

„Du mit deinem Dostojewski! Diese hingehudelten Sätze, immer wieder dieselben Abläufe, leicht durchschaubar."

„Aber er hatte das Herz ..."

„... auf dem rechten Fleck, ich weiß."

„Und Humor."

„Jetzt kommst du gleich wieder mit der Szene, wo der alte Mann den nervenden Hund einer Mitreisenden einfach aus dem Zugfenster wirft."

„Mmh."

„Und dann erzählst du die Geschichte von zwei Alkoholikern in Sibirien, die sich stritten, ob D oder T der Bessere sei. Bis der eine den anderen erschlug. Dann sagst du, es sei nicht überliefert, wer wen. Das ist dann immer deine Pointe."

Kien war traurig geworden.

„Lermontovs 'Held' – darauf können wir uns noch einigen", fuhr sie fort. „Von Puschkin findest du nur ein paar

Erzählungen gut, bei Tschechov ist's ebenso. Gogol findest du neurotisch, Jessenin, Blok, Achmatova überschätzt. Du liebst Koriander, für mich schmeckt er nach Blattwanzen. Ich liebe Hunde – dich machen Tiere nervös, außer ein paar Vögelchen vielleicht. Ich mag den Sommer, du den Herbst und so weiter."

„Wir beide rauchen. - Das reicht doch."

„Ich schmeiß es."

„Das ist ja was", sagte er und schwieg. Nach einer Weile murmelte er, er müsse nachdenken.

„Sag mir, worüber."

„Später vielleicht. - Tut mir leid."

Sie gab ihm einen Klaps auf seinen schlaffen sommersprossigen Unterarm, tat so, als sei es ein Spiel, aber war doch verletzt, merkte er, denn sie ging einfach. Er rief ihr nach, aber sie drehte sich nicht um. Jetzt erst fiel ihm auf, welch elegantes Kleid sie trug. Hatte sie ihn verführen wollen?

„Dann hat's halt nicht geklappt", knurrte er vor sich hin. Er dachte an seine Exfrau. Wann hatte er sich mit ihr je so unterhalten können wie mit Xenia? Das war schon was. Er stellte sich vor, wie Xenia und er eine Zigarette danach rauchten und es gefiel ihm. Aber wie bei einem gestörten Fernsehkanal schoben sich andere Bilder in seinen Kopf, Bilder seiner Ehe, die endlosen Streitigkeiten, seine Fluchten in den Alkohol, in gefährliche Länder. Dann die Scheidung und sein Versagen als Vater, seine Unfähigkeit, mit seinem eigenen Kind glücklich zu sein. Es hatte ihm zu lange gedauert, bis er sich mit Jakob austauschen konnte. Anstatt einfach mit ihm zu spielen, hatte er ihm die Welt erklären wollen. Später dann wollte er nicht akzeptieren, dass sein Sohn einfach anders war als er. Und, fragte er sich, liebte er ihn denn? What is this thing called love? Er summte den Song vor sich hin und dachte an seine Mutter, die ihm - daran glaubte er fest - hin und wieder als liebevoller Geist erschien. Zum Beispiel in Gestalt von Schmetterlingen oder

Glühwürmchen im Sommer oder als Rotkehlchen im Winter. Sie hatte ihm immer wieder erzählt, er habe ihr schon als kleines Kind oft gesagt, dass er nicht wisse, ob er sie liebe. Offenbar wusste er es also nicht, wenn er liebte.

Jetzt hatte er den Faden verloren. Wovon war er ausgegangen? Das Spiel spielen, fiel ihm ein. Doch mit dieser Erkenntnis war er nicht zufrieden, die Klarheit war verloren. Nun würde er warten müssen und erst einmal keinen weiteren Schluck nehmen. Rache servierte man am besten kalt – er würde den Mord an Solde nicht hinnehmen, den Mördern zeigen, welch tödlichen Fehler sie gemacht hatten, Köpfe würden rollen, - aber andere, das war klar, genauso schlechte Köpfe würden sie ersetzen. Diese Scheiße ...Wie konnte man solche Systeme implodieren lassen? Indem man die Grausamkeiten ihrer Führer publik machte? The Great Game of shit. Wozu? - Wo Zu, chinesischer Philosoph der Vergeblichkeit, Sisyphos, lass den Stein rollen, wehr dich nicht, die Entropie ist dein Freund, alles umkehren, die Angst, die er hatte, sollten sie haben. Und Gott? Lässt alles laufen wie ein schlechter Schiedsrichter. Was hatte er denn noch zu verlieren? Sein schmuddeliges Leben. Immerhin: Solange man hasst, lebt man. Hass macht stark, Liebe schwächt, Credo des 21. Jahrhunderts. Er sah voraus, dass man irgendwann übers Handy mit den Vögeln sprechen konnte, doch niemand wird's tun, alle werden, abgelenkt, in Datenströmen schwimmen ...

Mister Spock, schlussfolgern Sie! Nüchtern werden, Energie, die fürs Trinken draufgeht, sparen, Feinde ausschalten, wirken. When the going gets tough the weird turns pro. Wie stoppt man einen Zug? Indem man sich davor wirft. Wie Anna? Es endet sowieso alles ungut. Die Welle der Testosteron Getriebenen. Dann ist das Ende eben ein ausgebrannter, erloschener Planet, the third stone from the sun. Vielleicht würde auch er wie Jimi in seiner Kotze ersticken. Aber Erkenntnis gibt es - Die Mächtigen werden zu

Bösen – wie die USA nach 9/11. Wie wärs das Lenken aufzugeben, alles laufen zu lassen? An den Urschlamm glauben wie Benn oder das Ganze wie Käfermutationen sehen vom Dach eines Pariser Hotels aus? Sich dumm stellen, was er von Anbeginn seiner Zeit hier tat? Aber man musste doch morgens in den Spiegel sehen können, ohne sich zu schämen. Man sieht ja, was bleibt. Das Böse wird's immer geben. Nur wie kann man es in Schach halten? Und wenn es ihm gelang, den Mord an Solde aufzuklären, was dann? Mit wem konnte er ein Bündnis eingehen? Mit Geheimdienstlern? Unsicher. Mit Journalisten? Einen Kontakt hatte er zumindest, den alten Haudegen Cimelli. Allzuviel Wirkung würde das nicht haben. Sturm im Wasserglas, tempest in the teapot, Ariel, Schonwaschgang. Den Botschafter würde er irgendwann einweihen. Wattebällchen-Diplomatie. Er brauchte Durchschlagskraft. Wie wärs, wenn ein Popstar oder andere usbekische VIPs … Zu satt, Angst … Ach! Und das alles ohne Xenia.

Kien schloss die Augen und im von flackerndem Licht durchsetzten Dunkel zogen in einem Reigen die wichtigsten Figuren des Dramas vorüber, sich alle um die eigene Achse drehend und mit Rundköpfen wie gedrechselt. Dabei wurden verzerrt gleichzeitig die usbekische Nationalhymne und die Internationale gespielt, außerdem war das Knacken eines Mechanismus' zu hören und die Schreie Gefolterter: Präsident Karimov eierte vorbei, halsloser, froschmäuliger, zufriedener Diktator und Mörder. Es folgte der Chef des Geheimdiensts, Rustam Inoyatov, verschlagen dauerlächelnd, ein ehrgeiziger Psychopath, dessen Weg Leichen pflasterten und der Gegner folterte, indem er sie lebendig kochte. Jetzt war der Minister für innere Angelegenheiten an der Reihe, Zokir Almatov, kranke Hängebäckchen, dann sein schlauer Staatssekretär Filanov, ohne den der Minister hilflos war. Mündungsfeuer erhellte die Gesichter George W. Bushs und Donald

Rumsfelds, dazu Hendrix' verzerrte Version der amerikanischen Nationalhymmne. An Karimov kam man nicht heran. Schwachpunkt war sicher der Minister, - zuvor müsste man aber Filanov ausschalten, der ihn schützte, vielleicht konnte man ihn umdrehen, und dann ließe sich vom Minister, der eventuell durch seine Gier nach jungen Frauen erpressbar war, belastendes Material über Inoyatov bekommen … Das Blut, das an diesen Machtmenschen klebte, musste zum Leben erweckt werden, den Toten musste man Namen und Geschichte geben, und es dann mit den furchtbaren Bildern schaffen, die Mörder zu Gejagten zu machen, die keine Ruhe fanden, weil alle sie nun sahen, wie sie wirklich waren: Monstren … Träum nicht zuviel, Kien. Wäre das Beste nicht einfach ein Sniper-Anschlag in den Bergen, wenn die Mörder Ski fuhren … Aber wie verhinderte man, dass das zu einer Radikalisierung führen würde. Es war zum Kotzen. Aber die Intellektuellen mussten aus ihren Schneckenhäusern kommen und etwas riskieren … Binsenweisheiten, in die Binsen, Huckleberry Finn, sich in einem Binsenboot den Mississippi hinuntertreiben lassen, wie einst auf dem Nil Baby-Moses, von kleinen Wellen gewiegt, einem Happy End zu. Wolke Burg See – schnick schnack schnuck: Stein zertrümmert Schere, Staatsgewalt – Papier umwickelt Stein, Propaganda - Schere schneidet Papier, Zensur. Die Wolken Baudelaires und die künstlich erzeugten Wolken, die wie die echten am Himmel waren, nur eben unten auf der Erde, Wolken, in die man hineingehen konnte, um ihre Kühle auf der Haut zu spüren und darin tiefe Geheimnisse vor sich hin zu flüstern – die Wolken … Jetzt hörte er den Gesang einer Nachtigall, der zum Schlaflied wurde, das seine Mutter an seinem Kinderbett sitzend vor über 50 Jahren gesungen hatte, schlaf, Kindlein, schlaf, der Vater hüt' die Schaf, die Mutter schüttelt's Bäumelein, da fällt herab ein Träumelein … Ich kann dich nicht sehen, Mutter – Hier, im Dunkel, im Holunder - Wenn ich dich seh, heißt das, dass ich tot bin?

Kien wachte auf. Kein Vogel sang. Keine Wolke war am Nachthimmel. Zeit nach Hause zu gehen. Wenn bald die Mainas anfingen zu krächzen, würde er nicht mehr einschlafen können. Grischa hatte sich hingelegt. Kien ließ einfach Geld in der Durchreiche zur Küche liegen. Dann ging er durch das schlafende Viertel, in dem die Ulmen leise rauschten. Glucksende Kanäle. Er zündete sich eine Zigarette an, bot ein gutes Ziel für Scharfschützen, sah ein Blatt über sich hängen und schaute es sich im Schein seines Feuerzeugs näher an. Nicht symmetrisch, deformiert gewissermaßen, - so wie alles und alle in diesem Spiel. Von Ferne hörte er dumpfe Musik aus der Sportsbar und ging langsam weiter in Richtung seiner Straße mit dem Holzhaus.

Auf lange Sicht würden auf diesem Planeten nur genetisch veränderte und sich schnell verändernde Menschmaschinen überleben können und die Kakerlaken natürlich. Milliardären, die sich hatten einfrieren lassen in der Hoffnung auf Fortschritt in der Medizin, wird irgendwann einfach die Kühltruhe abgeschaltet, - gibt ne Menge Eismatsch. Es wird nicht lange dauern, bis die Sonne über einer menschenlosen Erde auf- und wieder untergeht und die Perseiden vorüberziehen, ohne dass ein Mensch zu den Sternschnuppen aufschaut und sich was wünscht.

Warum war das Blau des Hauses im Dunkeln heller als das Rot seines Autos? Musste mit den Lichtwellen zusammenhängen. Schwarz wie geronnenes Blut. Immer wenn er die Tür aufschloss, rechnete er damit, dass jemand von hinten an ihn herantrat. Aber auch heute hatte er Glück.

5

„Siehst gut aus. Heute schon gekotzt?"[5]

Das Klingeln des roten Plastik-Telefons weckte Jan. Kiens Sekretärin teilte ihm mit, dass dieser ihn heute Morgen nicht treffen könne. Als Jan ein wenig Unmut äußerte, hörte sie ihn an, ohne irgendeine Reaktion zu zeigen, verabschiedete sich und legte auf.

Nach ausgedehnter Morgentoilette schaute er noch einmal in den Spiegel und befühlte sein frisch rasiertes Kinn. Kein Wunder, dass dieses männlich markante Gesicht mit den blauen Augen und gut getrimmten, blonden Haaren für Eindruck bei der Damenwelt sorgte. Er dachte an Dina, die Bezaubernde, und wählte eine leichte, khakifarbene Flanellhose sowie ein blaues Hemd.

Draußen beschloss er, sich eine Flasche Mineralwasser zu kaufen und ging in eine Art Supermarkt. Daneben grillte ein schmierig aussehender Mann Fleischbrocken. Im Eingangsbereich saßen ein paar Frauen vor Tortenstücken und drei Männer teilten sich eine Frühstücks-Flasche Araq. Dass man den Gesamtpreis der Waren, die man kaufen wollte, selbst ausrechnen und an der zentralen Kasse zahlen musste, kannte er noch aus Moskau. Hier aber schien die Zeit stehengeblieben zu sein. Im Orient gingen die Uhren eben langsamer. Er dachte an gestern Abend, an Dina, die Fortgezauberte. Wie hatte sie das gemacht?

Jan wurde gerade von den Wachen durchgewunken, als ein Lada auf den Botschafts-Parkplatz brauste. Ein untersetzter Mann in zerknittertem Leinenanzug stieg aus, ging rauchend

---

5   Aus der Fernsehserie 'Die Zwei' ('The Persuaders'),
     Synchronisationstext von Rainer Brandt

auf die gläsernen Eingangstüren zu, schnippte seine Zigarette weg und warf dabei einen kurzen Blick in seine Richtung. Dann verschwand er in der Botschaft. Jan vermutete, dass dieser Inspektor Columbo-Typ Kien war und entschloss sich, ihm sofort hinterherzugehen. Gerade hatte er sich dem Hauptgebäude genähert, da kam der Mann wieder heraus und trat auf ihn zu.

„Kien", stellte der Mann sich vor. „Sie sind also Herrn Soldes Nachfolger."

Jan, der Alkohol und Zigaretten in seinem Atem roch, bejahte.

„Sie haben die Geschichte gehört?"

Jan wich dem forschenden Blick der hellgrauen Augen aus. „War es wirklich ein Unfall?"

„Etwas anderes ließ sich zumindest nicht nachweisen."

Im Büro schaltete Kien Soldes PC an. Auf seinem Handrücken waren Altersflecken zu sehen. Er zeigte ihm Aufstellungslisten von usbekischer Seite, die den Verwendungszweck deutscher Gelder in beträchtlicher Höhe nachwiesen.

„Leider habe ich jetzt keine Zeit, um Sie in alles einzuführen", sagte er. „Schauen Sie sich's an. Briefing außer Haus, heute Nachmittag um vier, Haupteingang Navoi-Park." Er öffnete die Tür zum Vorzimmer. „Frau Bezmilutinova erklärt Ihnen, wie Sie hinkommen." Weg war er.

Jan war doch etwas überrascht: Kien schien besser zu funktionieren als erwartet. Wie schnell er ihn abgefertigt hatte. Den Mann sollte er doch nicht unterschätzen und: Der nervte ihn jetzt schon – Columbo-mäßig eben. Die Nachweise zeigten, dass der Hauptanteil der Gelder für den Unterhalt eigens rekrutierter Kräfte zur Terrorbekämpfung aufgewendet wurde. Sold, Kleidung, Ernährung, Unterbringung, keine Bewaffnung.

Die Sekretärin stellte ihm eine Kanne Tee und ein paar

Sesamriegel auf den Tisch. „Lassen Sie sich hinfahren", antwortete sie auf seine Nachfrage nur lakonisch. Jan meinte, ein dezentes Lächeln um ihren Mund wahrzunehmen.

Die Anschreiben und Kalendereinträge seines Vorgängers gaben Aufschluss über Inspektionsreisen, die diesen wiederholt ins Ferganatal, gelegentlich aber auch nach Samarkand und Termez geführt hatten. Hauptadressat der floskelhaften Schreiben war ein gewisser Sobir Sodiqov in Andijon.

Um drei verabschiedete Jan sich von der Sekretärin und bedankte sich für die Sesamriegel. Diesmal schenkte sie ihm ein eindeutiges, wenn auch kleines Lächeln.

Nach dem klimatisierten Büro war ihm die Hitze draußen einen Moment lang angenehm. Im nächsten Augenblick war sie ihm schon wieder lästig. Auf dem Tennisplatz stand Franziska Schuten mit einer etwas älteren Blondine am Netz. Sie sah Jan, und beide Frauen gingen auf ihn zu. Durch eine Tür im hohen Drahtzaun traten sie auf den Kiesweg. Franziska stellte ihn ihrer Partnerin, Frau Reck, als Nachfolger Hartmut Soldes vor.

„Wie ich von meinem Mann hörte, sind Sie erst gestern eingetroffen."

„Ich versuche noch, mich an die Hitze zu gewöhnen. Tennis bei über 40 Grad – wow!" Jan fiel auf, wie gut ihr Goldschmuck auf ihrer gebräunten Haut zur Geltung kam. Dazu ein Touch High-Society und etwas Ausgehungertes im Blick. Franziska, die in ihrem Tennisdress sehr gut aussah, wirkte etwas niedergeschlagen und unsicher. Sie verabschiedete sich schnell und ging in Richtung Umkleideraum. Jan dachte daran, Dina zum Tennis einzuladen. Ob sie es spielen konnte?

Frau Reck fragte ihn beiläufig, ob er Lust habe, morgen zu einem Abendessen zu kommen, das in kleinem Kreis bei ihr stattfinde.

Jan nickte etwas geistesabwesend.

„Morgen um halb acht also. - Übrigens:" - sie musterte ihn leicht amüsiert - „wenn Sie sich akklimatisiert haben, sollten wir einmal eine Partie spielen."

Mit den dreihundert Sum, die Jan dem Fahrer nach der Fahrt zum Navoi-Park gab – Herr Tvoludin hatte ihm auf der Fahrt vom Flughafen die üblichen Preise genannt - , war jener nicht zufrieden und verlangte fünfhundert. Als er sich darauf nicht einließ und einfach ausstieg, rief der Fahrer ihm „Würstchen!" hinterher. Vielleicht das einzige deutsche Wort, das er noch von seinem Militärdienst in der DDR kannte.

Vor dem Parktor, dessen eiserne Flügel offenstanden, wuselte es vor Dutzenden von Verkaufsständen. Holz brannte unter verrußten Samowaren, in Kinderwagen stapelten sich heiße Fladenbrote.

Jan wurde von Kien, der gerade an einem Stand saure Gurken probierte, zu sich gewunken. Diesmal fielen ihm dessen Tränensäcke und geplatzten Äderchen auf. Gurke kauend führte Kien ihn an einem künstlich angelegten See vorbei. Aus Lautsprechern, die überall an Masten hingen, tönte blechern ein Radiosender mit Popmusik. In der Nähe des Riesenrads kaufte Kien zwei Flaschen Coca-Cola. Jan meinte zu sehen, dass Kiens Hände leicht zitterten. Sie setzten sich auf eine Bank neben einem Pavillon, in dem ein paar alte Männer Schach spielten. Nach einem tiefen Schluck erklärte Kien ihm, dass es besser sei, die Sachverhalte, um die es gehe, außerhalb des Büros zu besprechen. „Sie wissen, was unsere Aufgabe in diesem Land ist."

„Wir sorgen dafür, dass Gelder, die die Bundesregierung zur Bekämpfung des Drogenhandels in dieser Region bereitstellt, möglichst sinnvoll ..."

„Worauf ist dabei insbesondere zu achten?", unterbrach

Kien ihn.

Es missfiel Jan, dass Kien, dieser zerknitterte Pensionär in spe, die Ermittlung seines Informationsstands als Prüfung gestaltete. „Die Transparenz des Geldflusses muss gewährleistet sein."

„Welchen Bereichen innerhalb der Drogenbekämpfung sollen unsere Gelder zugutekommen?"

„Aufklärungsarbeit und -material. Erhöhung der Zahl der Einsatzkräfte sowie deren Unterhalt, Schulung und Ausrüstung. Ausgerüstet wird von unserer Seite jedoch nur im Bereich der Überwachungstechnik, nicht in dem der Bewaffnung."

„Gut. Ich sehe, Sie haben Ihre Hausaufgaben gemacht. - Trinken Sie Ihre Cola nicht?" Kien sah zu den Schachspielern hinüber, zündete sich eine Zigarette an und fragte: „Und wo landen unsere Gelder wirklich, was glauben Sie?"

„Im Waffenhandel?"

Kien nickte. „Der Regierungsclan benutzt das Geld, um Spezialeinheiten schwer zu bewaffnen. Den Drogenhandel bekämpfen diese Gruppen nicht. Unter dem Deckmantel 'Kampf gegen den Terrorismus' wird von ihnen vielmehr jede Aktivität, die der Regierung oppositionell erscheint, im Keim erstickt."

„Aber das betrifft doch vor allem die Wahabiten. Und dass die usbekische Regierung die Wahabiten bekriegt, ist doch auch in unserem Sinn. Die Stabilität dieser Region ..."

„Wahabiten!" Kien schnaufte verächtlich durch die Nase. „Wer soll das sein? Höchstens doch die paar Gestalten um Namangani, die in den Bergen an der Grenze zu Kirgistan herumgekraxelt sind. Der ist ja seit November tot, Luftschlag der Amerikaner in Afghanistan. Nein, unter dem Schlachtruf 'Kampf den Wahabiten' wird hierzulande jede islamische Gemeinschaft, die ihren Glauben nach außen trägt, zerschlagen. Männer werden erschossen, verhaftet und

44

gefoltert. Frauen, die nichts anderes machen als Flugblätter zu verteilen, in denen sie die Freilassung ihrer inhaftierten Männer fordern, werden ins Gefängnis gesteckt."

Jan konnte Kiens Eifer in dieser Frage nicht nachvollziehen. Die Probleme irgendwelcher Muslime ließen ihn kalt. Kien schien seine Gedanken erraten zu haben und fragte, ob er wüsste, dass ein Großteil der deutschen Gelder aus dem Topf 'Dialog mit dem Islam' käme. Jan interessierte aber etwas anderes.

„Wer könnte ein Interesse daran gehabt haben, meinen Vorgänger zu töten?"

Kien fixierte ihn. „Die Waffenhändler? Die Regierung? Eine fundamentalistische Terrorgruppe?"

„Ich denke, die gibt es nicht."

„Wahrscheinlich doch. Gerade das harte Vorgehen der usbekischen Regierung fördert die Radikalisierung. Wie dem auch sei. Einen Beweis, dass Solde ermordet wurde, habe ich nicht. Gegen die Unfalltheorie spricht nur, dass er ein sehr sicherer Fahrer war und an einer recht übersichtlichen Stelle von der Fahrbahn abkam -", Kien machte eine Pause. „Und mein Gefühl", fügte er hinzu, während er Jan in eine Rauchschwade hüllte.

Beinahe wäre Jan aus der Rolle gefallen. Nur ein amüsierter Zug um Kiens Augen, der ihn mutmaßen ließ, dass Columbo ihn bewusst ärgern wollte, hielt ihn zurück.

„Ihr Vorgänger war auf dem Weg ins Fergana-Tal, um zu untersuchen, ob unsere Gelder ordnungsgemäß verwendet werden. Ich hoffe, Sie haben Verständnis dafür, dass gleich Ihre erste Dienstreise Sie dorthin führen wird, wo Hartmut Solde nicht mehr angekommen ist."

„Wann wird das sein?" Jan gelang es, teilnahmslos zu klingen.

„Am kommenden Donnerstag. Die Termine sind schon bestätigt. Selbstverständlich steht Ihnen ein zuverlässiger

Fahrer zur Verfügung. Schauen Sie sich insbesondere das allein stehende Haus etwa 3 km vor der Unfallstelle mal genauer an." Kien sah auf seine Uhr. „Bleibt noch Zeit für eine Runde mit dem Riesenrad. Kommen Sie, der Blick ist phantastisch."

Widerstrebend folgte Jan seinem Kollegen zu einem Männlein, dem ein Geldschein in die Hand gedrückt wurde. Kien ließ ihn zuerst in die vorüberschwebende Gondel einsteigen. Jan balancierte zu einem der Schalensitze und wandte sich um: Kien war gar nicht eingestiegen. Gelassen holte er ein Mobiltelefon hervor, - inzwischen befand sich Jans Gondel schon in etwa fünf Metern Höhe -, und winkte zu ihm hinauf. Hatte dieses Agenten-Auslaufmodell ihn absichtlich in diese Lage gebracht? Jedenfalls saß Jan nun in diesem Riesenrad fest und blickte verärgert seinem telefonierenden Vorgesetzten hinterher, der zu einem Stand schlenderte. Die hohen Berge am Horizont, von denen Kien gesprochen hatte, waren nicht zu sehen.

Kien fuhr schnell. Sie schwiegen eine Weile. Kien kaute Kaugummi, wahrscheinlich um Alkoholgeruch zu überdecken. „Übrigens habe ich Herrn Tvoludin hinzugezogen", meinte Kien schließlich. „Die Botschaft ist ja nicht nur in diesem Punkt außerordentlich kulant. Schon dass wir unser Büro dort einrichten durften ... denn direkt gehören wir ja nicht dazu. Technischer Dienst, wie Sie wissen. Bei Besuchen im Ministerium zahlt sich die Anwesenheit eines Dolmetschers aus. Sie erleichtert manches. Wenn ich nur an dieses grässliche Behördenrussisch denke. Vor allem aber gewinnt man Zeit."

Columbo in Plauderlaune, dachte Jan.

„Übrigens, Sie müssen natürlich die Sprache lernen. Ohne Kenntnisse des Usbekischen blieben gewisse Türen in diesem Lande nämlich für immer verschlossen. "

„'Lernen, lernen und lernen - wie der große Wladimir

46

Ilitsch Lenin sagte'", gab er ironisch ein Standardzitat auf Russisch zum Besten.

„Als er Ulbrichts Zeugnis sah." Kien brabbelte irgendwas, wohl Usbekisch, und übersetzte „Wer viel weiß, ist ein König."

'...und ein Angeber', dachte Jan und sagte „Der Zar wurde erschossen", weil er das Wort 'Zar' gehört hatte.

„Asalom alajkum - Walajkum asalom. Jachshimisiz? Wie geht's? ..."

'Holt mich hier raus!', hätte Jan schreien wollen.

„Jachshi. Gut. Rachmat. Danke."

Sie umfuhren den Platz mit dem großen Reiterdenkmal in der Mitte.

„Ein Massenmörder", kommentierte Kien. „Frau Achilova hat sicher gestern schon von ihm erzählt. Und sicher hat sie Ihnen auch den Broadway gezeigt, der dort drüben anfängt."

'Dina Achilova – Lover', dachte Jan und sagte „Plow, Karaoke, Kuscheltiere."

„Hat Sie auch das Gebäude unserer usbekischen Geheimdienstkollegen gleich daneben erwähnt?"

„Ja." Jan hielt es für besser, nicht darauf einzugehen.

„Auch dass der MXX dort politische Gefangene foltert? Hier, in den Kellern dieses Gebäudes?"

Jan antwortete nicht.

„Und da vorne ist auch schon das Ministerium."

Sie parkten vor einem gewaltigen Sandsteinbau, um den sich oberhalb des zweiten Stockwerks ein Relief zog. Soweit Jan erkennen konnte, zeigte es Wachmänner mit ihren Schäferhunden. Im Eingangsbereich unterhielt sich Herr Tvoludin mit einem schlanken, schlau aussehenden Mann, der, als er sie sah, sofort auf sie zuging. Kien stellte ihn als Herrn Filanov vor, Berater des Ministers. Filanov führte sie eine breite Treppe hinauf. Währenddessen sprach er von Jans Vorgänger und nannte das Geschehnis auf dem Pass einen

47

„bedauerlichen Vorfall". „Usbekistan wird diesem verdienstvollen Mann immer zu Dank verpflichtet bleiben", betonte er und warf Jan dabei einen Blick zu. „Ich bin sicher, Sie werden seine Arbeit ganz in seinem Geiste fortsetzen." Filanov führte sie in einen getäfelten Saal, bat sie einen Moment zu warten, entfernte sich über das knarzende Parkett und klopfte an einer Flügeltür.

Der Minister begrüßte sie und ließ sie vor seinem Schreibtisch Platz nehmen. Er war massig und untersetzt, etwa sechzig Jahre alt, und sein ausdrucksloses Gesicht hatte eine graurötliche Färbung. Er sagte, er freue sich den neuen Mitarbeiter Herrn Kiens begrüßen zu können und drückte seine Bewunderung für das deutsche Organisationstalent aus. Während seines Studiums in Moskau habe er in dieser Hinsicht viel bei einem Dozenten aus der DDR gelernt. Dann wandte er sich direkt an Kien und fragte, ob die Zusammenarbeit mit den lokalen Kräften sich inzwischen zu seiner Zufriedenheit gestaltet habe. Obwohl Kien die Frage sicherlich verstanden hatte, ließ er sie sich von Herrn Tvoludin übersetzen. Jan fiel auf, dass der Dolmetscher die Frage glättete, indem er das 'inzwischen' wegließ und einfach nach dem jetzigen Stand der Kooperation fragte.

Kien gab seiner Zufriedenheit Ausdruck und kündigte die Aufstellung der Zuwendungen von deutscher Seite für das nächste Quartal an. Zuvor stünde jedoch noch eine Inspektionsreise in der kommenden Woche an.

Die blanken Knopfaugen des Ministers richteten sich auf Jan, er nickte ihm kurz zu und die Audienz war beendet. Herr Filanov geleitete sie hinaus, lotste sie an den Wachen vorbei und wünschte ihm zum Abschied eine gute Reise am Donnerstag. Es wunderte Jan kaum, dass Filanov den Termin schon kannte.

Kien setzte ihn vor seinem Wohnblock ab. Sie redeten nicht viel, nichts Interessantes, nicht über Wichtiges.

6

Протопи ты мне баньку по-белому -
Я от белого свету отвык.[6]

Schreie. Das Ungeziefer in den Bäumen. Die anderen Schreie.
War, children, it's just a shot away. Immer dieselben Gedanken
beim verkaterten Aufwachen. Was hatte er gestern Nacht
gesagt und getan? Rekonstruktion.

Liegen bleiben? Er setzte sich auf. Sitzen? Er stand auf
und ging unsicher ins Bad. Sah nicht in den Spiegel. Zog sich
zittrig an.

Frühstücken war unmöglich. Die im Sonnenlicht
glänzende Welt, der blaue Himmel, die emsige Menschheit –
unerträglich. Er hielt es nicht aus mit seinen Gedanken. Ihn
schauderte. Seine Füße und Hände waren kalt.
Irgendwann fiel ihm die Banja um die Ecke ein. Er nahm ein
Handtuch und schleppte sich mit zusammengekniffenen
Augen dorthin.

Vor dem Männlein an der Kasse schlug er beschämt über
seine zitternden Hände die Augen nieder, obwohl sie
verkaterte Besucher sicherlich gewohnt waren.

Erst unter der Dusche kam er ein bisschen zu sich, ging in
den kleinen Raum. Die Hitze nahm ihm den Atem, im dichten
Dampf konnte er nichts sehen, lehnte sich an die nächste Wand
und sackte auf die Sitzbank. Schweiß lief aus ihm heraus, es
war, als löse er sich auf wie eine Amöbe, von der nur ein nach
Alkohol stinkender Fleck übrigblieb. In seinem Kopf ging
alles durcheinander: Da gab es einen usbekischen

---

6   Vladimir Vysotskij: Банька по-белому, (Dampfbad auf weiß)
    Heiz du mir das Dampfbad auf weiß -
    Ich bin der weißen Farbe entwöhnt.

Informanten, den er unter Druck hatte setzen müssen, der weinte und bettelte und dem er zum Abschied auf den Arm geklopft hatte. Den hatte er nie wiedergesehen, seine verstümmelte Leiche war ein paar Monate später gefunden worden ...

Der Dampf lichtete sich. Er sah einen stiernackigen Russen, der eine Filzmütze trug, in der Nähe des Beckens mit den glühenden Steinen sitzen. Sonst war der Raum leer.

'Aryk' war der Deckname des Informanten gewesen. 'Das verdeckte Führen menschlicher Quellen', BND-Sprech. Er selbst als 'Operateur'.

Der Russe grunzte.

Kien hatte mit einem Mal das Gemälde 'Die Anatomiestunde' vor Augen, sah sich als den Arzt, der dem Leichnam die Haut vom Arm zog, von dem Arm, den er aufmunternd getätschelt hatte. Operateur! Wie viele menschliche Quellen hatte er angebohrt, verschmutzt, ausgesaugt, ausgenutzt, stillgelegt. Wie viele waren ausgetrocknet, verbrannt, vereist, zubetoniert worden. Vielleicht von so einem wie dem Russen da. Der grunzte etwas. Hatte gefragt, ob er nochmal aufgießen könne. Offenbar ein höflicher Mensch.

'Aufklärung unter Einsatz nachrichtendienstlicher Mittel'. 'An Originalschauplätzen', die Länder, in denen er gewesen war, aufgespießt wie tote Insekten auf einem Dornenkranz bei diesem Vogel aus seinem Kinderbilderbuch, dem Siebentöter. Man ging immer in irgendwelche hässlichen Bauten, saß immer in den gleichen Büros, erzählte immer die gleiche erfundene Lebensgeschichte, natürlich an unwichtigen Stellen immer etwas anders, damit es nicht auswendig gelernt wirkte und auffiel. Doppel- oder Dreifachagent, Maulwurf, Überläufer. Die Nazis und Militärs, die alles kaputt gemacht hatten, die hatte er jagen wollen. Auch seinen Vater, der so schikaniert worden war, dass er todkrank wurde, hatte er rächen wollen. Aber der Verein, in dem er ja von Anfang an ganz falsch war, - „Arschlöcher", zischte er, so dass der Russe zusammenfuhr, „Arschlöcher", das half etwas - hatte sehr schnell gemerkt, dass er zu motiviert war, und hatte ihn auf Außenposten abgeschoben. Und anstatt anzugreifen und eventuell auszusteigen, war er dabeigeblieben. Das war seine große Schuld.

Noch eine Fuhre Dampf. Ja, Dampf, verneble mir diese Scheißwelt - und mich auch, ging es ihm durch den Kopf, als er sah, dass er nicht einmal mehr sich selbst sah, wenn er eine Hand vor die Augen hielt.

Er hörte den Russen vorbeiwatscheln.

Und jetzt dieser Stenz als Mitarbeiter! Oberflächlich, ein Macher, Homo Fabergé, gutaussehendes, hohles Ei, musste man am Kullern halten, schon allein, damit der Kerl nicht dauernd vor ihm rumeierte. Und Dina musste er vor diesem Womanizer warnen.

Kien hielt die Hitze nicht mehr aus und ging in den kühlen Raum nebenan. Stieg die Stufen zum hochgemauerten Wasserbecken hinauf und ließ sich in die Eiseskälte hinuntergleiten, unter den Flügel eines großen steinernen Engels, den ein langer Petersburger Winter ausgekühlt hatte, ein Engel, neben dem er vor langer Zeit einmal auf dem Dach der Isaaks-Kathedrale gestanden und auf die Stadt geschaut hatte, die Stadt, in der Xenia leben wollte, tauchte zwischen Eisschollen im Schwarzen Fluss wieder auf, sah hinauf zu sich selbst, wie er als junger Mann, am vereisten Geländer einer Brücke stehend, hinunterstarrte, Puschkins Duellplatz in ewiger Winterdunkelheit vor Augen, vielleicht auch sich selbst als alter Mann zwischen den Eisschollen. Damals war es ihm noch hin und wieder gelungen, die Menschen zu lieben.

Zitternd ging er in den Umkleideraum, trocknete sich ab, kaufte eine Flasche Bier an der Kasse, setzte sich. Der Russe bot ihm Trockenfisch an und sie tranken und aßen schweigend. Jetzt lebt man wieder, dachte Kien nach einer Weile. Pjotr schlug die Reste sorgfältig ins alte Zeitungspapier ein und ging erneut ins Dampfbad.

7

BND Mitarbeiter Prof. Strahlmann: Die Tauchnuss. Einfach auf die Nase setzen und schon können Sie eine Stunde und 75 Minuten unter Wasser bleiben. Bitte sehr.
Bob Urban ('Mr. Dynamit'): Ist ja phantastisch. Was ist das? Zigarren?
Strahlmann: Schlauchboot. [7]

Schlecht gelaunt nach einer langen Besichtigungstour mit dem Makler betrat Jan um kurz vor 14 Null Null das Botschaftsgelände. Frau Reck, knusprig braungebrannt wie ein Broiler, lief mit ausgestreckten Armen auf ihn zu. Sie erinnerte ihn an die heutige Abendgesellschaft. Er antwortete nur mit ein paar knappen Phrasen, nicht mehr als unbedingt notwendig war, um sie nicht zu brüskieren – Frauen, die Pläne für ihn schmiedeten, musste er fern von sich halten. Immer gut vorbereitet zu sein, um nicht in ihr Spinnen-Netz eingesponnen zu werden, dachte Jan, während er so tat, als höre er zu.

Nach ein paar Minuten konnte er weitergehen. Der Mief in den Gängen, die über die braun glänzenden PVC Beläge schlappenden Kollegen, das leise Quietschen ihrer Kreppsohlen, der undurchschaubare Blick der Bezmilutinova – all das und noch viel mehr ging ihm auf die Nerven. Er legte die Füße hoch und sah auf seine Schuhe: Auch sie hatten Kreppsohlen.

Er dachte an Dina. Einige Tage lang hatte er vergeblich versucht, sie am Telefon zu erreichen, dann war ihre Mutter mit dem typisch russisch knappen 'Da' an den Apparat

---

7   Mister Dynamit. Morgen küsst euch der Tod. (Dt.-ital.-span. Film
     mit Lex Barker als BND-Agent, 1967)

gegangen –, man konnte ja abgehört werden und nannte den eigenen Namen nicht. Sie hatte gesagt, sie werde ausrichten, dass er sie sprechen wolle. Das war drei Tage her, Dina aber hatte sich nicht gemeldet.

Die Wohnobjekte waren allesamt protzige Bungalows gewesen, durch Mauern gesichert, auf denen Glasscherben einzementiert waren. Obwohl die Villen leer standen, saß bei manchen ein Wächter vor einem kleinen Wärterhäuschen.

Der Makler war ein Verkäufertyp, der seine verschiedenen Maschen durchspielte. Erst hatte er es mit kumpelhaften 'Unter Männern'-Anspielungen auf die Wirkung einer großen Villa auf Frauen versucht. Als er gemerkt hatte, dass das nicht zog, stellte er in zischelndem Englisch Fragen nach Jans Vorlieben und seiner 'Lady'. Jan hatte nur mürrisch Antwort gegeben, so dass der gewiefte Makler schnell auf Experten-Modus geschaltet hatte. Er hatte ihm einen Katalog mit Fotos von verschiedenen Häusern vorgelegt, die eingeschweißten Seiten durchgeblättert und immer wieder „very nice" gerufen. Dann waren sie im nach Klosteinen riechenden, gruftkalten SUV des Maklers zu einigen der Objekte gefahren. Jan hatte sein Fenster geöffnet und der Makler hatte barsch auf die laufende Klimaanlage hingewiesen, dann aber gemerkt, dass er sich im Ton vergriffen hatte und „but when it is your wish" hinterhergeflötet. Zum Glück hatte er bald eingesehen, dass Jan keine Unterhaltung führen wollte und geschwiegen.

Sie waren durch verschiedene Häuser gegangen und an leeren Swimmingpools entlanggelaufen. Der Makler war offensichtlich sehr erleichtert, als sie auf einen Kollegen trafen, der, wie der Zufall es wollte, Carmen und Gert im Schlepptau hatte. Gert war verkatert und angenehm schweigsam gewesen, Carmen dagegen hatte eine Belanglosigkeit an die andere gereiht („mit einer Markise müsste es gehen ... ein Vorhang hier ... eine Trennwand da ..."), bis Jan es nicht mehr ausgehalten und sich einfach an den

55

leeren Pool gesetzt hatte. Dort hatte er sich eine Blake Edwards Partyszene ausgemalt, in der Dina im Bikini ins Wasser sprang ... Plötzlich aber hatte sich Anna in seine Vorstellung gedrängt, weinend. Schnell hatte er dem Makler klargemacht, dass ihn das Haus nicht interessierte und dass er zur Botschaft zurückgefahren werden wollte.

Nun war er hier im Büro, wusste aber nicht recht, was er machen sollte. Kien war natürlich wieder nicht im Hause. Die Bezmilutinowa hatte in der Konsularabteilung zu tun. Lustlos schälte er einen der großen Äpfel aus Almaty, über die Kien ihn mit Infos zugemüllt hatte, schnitt ihn in Stücke und aß sie auf. Nichts Besonderes. - Nein! Er musste raus hier und beschloss, heute Abend - nach dem lästigen five o'clock tea bei Frau Reck - auszugehen, das Nightlife Taschkents zu erkunden.

In diesem Moment klingelte das Telefon. Kien war am Apparat.

„Ich hab gleich zwei Aufträge für Sie, Werder. Sind mit grünem Filzstift auf ein Blatt Papier gekritzelt. Sie werden's schon finden. Denken Sie an Poe's 'Letter'. Ach, die Geschichte kennen Sie ja vielleicht gar nicht. Na ja, wird schon. Bin gespannt auf erste Ergebnisse. Ich seh Sie morgen."

Kien durfte am Telefon nichts Genaues sagen, das war klar, und kurz fassen musste er sich auch, aber Jan ärgerte sich trotzdem. Dieser eingebildete Arsch. Als er dann in dem Haufen Papier auf dem Schreibtisch seines Vorgesetzten nach etwas grün Beschriftetem wühlte, begann er leise zu fluchen. „Scheiß-Müllhalde hier! Verblödeter Säufer!".

Auf dem knittrigen Papier, das er schließlich fand, stand nur: 'Büro und Telefone überprüfen - Umgebung der Botschaft aufklären'.

„Na toll", zischte er, begann jedoch wie ein Automat die Tische, Bürolampen und Stühle zu untersuchen. Er stieg auf einen Drehstuhl und schaute sich die Neonröhren und den Ventilator an der Decke genau an, kniete sich auf den Boden, tastete den Teppichboden ab, stand wieder auf, fuhr mit den Händen über die Wände und klopfte sie ab, fand aber weder ungewöhnliche Erhebungen noch Anzeichen für kleine Hohlräume. Schweiß lief ihm in die Augen, während er die Telefone auseinandernahm und wieder zusammenbaute. Nichts. Aber mit Sicherheit wurde das Büro, das ganze Gebäude abgehört. Überall konnten Wanzen sein. Unter dem Holz jeder Tür, in den Fensterrahmen, in Aktenordner hineingeschmuggelt, in die Rechner hineingebaut ... Um hier etwas zu finden, hätte er wenigstens mit non-linearen Radiowellendetektoren oder mit Röntgenstrahlung arbeiten müssen. Beides stand ihm jetzt nicht zur Verfügung. Ein Sweep musste doch vorbereitet werden, typisch Kiensche Beschäftigungstherapie, sonst nichts. Dem war das im Grunde egal, die Gespräche, Fakten, Vereinbarungen, Termine – alles nur Oberfläche, uninteressant.

Jan suchte nach einer möglichst genauen Karte der Gegend, Kien hatte doch vor ein paar Tagen eine Satellitenaufnahme erwähnt. Und tatsächlich: Da hing sie am Brett. Er schaute sie sich genau an und steckte sie ein.

Auf der Straße ging er an einer langen Mauer entlang. Dahinter lag eine Baustelle, die gut geeignet schien, um Richtmikrophone aufzustellen. Unter hundert Meter. Gespräche auf dem Botschaftsgelände konnten so abgehört werden. Alles andere, was er auf seinem Rundgang sah, Joint-Venture-Geschäfte und einen großen Friedhof, war zu weit entfernt, gestört durch den Verkehrslärm der nahen Straße. Von dem Café aus, in dem er am ersten Tag gegessen hatte, war es zu weit, aber das Museum der Herrlichkeit Olympias war in Luftlinie weniger als hundert Meter entfernt. Vielleicht war die blödsinnige Krone auf dem Dach dieses platten Riesenzylinders vollgestopft mit Abhörtechnik. Die

Botschaftsleute im Café jedenfalls waren leichte Beute.

Als er zuhause ins Badezimmer trat, huschten einige Kakerlaken in Deckung. Er versprühte das eigens aus Deutschland mitgebrachte Spray. Laut Auskunft des Verkäufers tötete es nicht nur, sondern führte im Falle des Überlebens zur Mutation von Zellen, veränderte die DNA, so dass sich die cucarachas nicht mehr fortpflanzen konnten.

Er legte sich aufs Sofa. Immer wenn er die Augen schloss, sah er Annas Gesicht. Er versuchte, Erinnerungen an ihre guten Zeiten am Anfang wachzurufen, aber ihm kam nicht viel mehr in den Sinn als das aufregende erste Mal und ein diffuses Glücksgefühl, das er eines Nachmittags empfunden hatte, als sie nach der Liebe auf dem Boden gelegen und dem Regen zugehört hatten. Als ein Schatten auf ihr Gesicht fiel und es sich verzerrte, öffnete er die Augen und sah auf die goldbraune Tapete. Er ging ins Badezimmer, um zu duschen. Dort rührte sich nichts mehr. Er fand aber keine einzige tote Schabe, wahrscheinlich hatten sich alle zum Sterben verkrochen.

Mit noch feuchten Haaren ging er in die Wohngegend der Reichen, in der die Villa der Recks lag – Neuschwanstein in klein und ohne Berg drunter.

Er kam zu spät, man hatte schon Häppchen gegessen und einige Tassen Tee getrunken. „Schön, dass Sie es doch einrichten konnten", säuselte Frau Reck, nicht ohne ihn vorwurfsvoll anzusehen. Sie zupfte ihre kühl elegante Jil Sander Kombination zurecht. „Die anderen kennen Sie ja bereits."

Franziska Schuten saß etwas verloren auf dem braunen Ledersofa, neben ihr leerte Gert, diesmal im weißen Leinenanzug eines Plantagenbesitzers, gerade sein Sherryglas und schnäuzte sich, während Carmen bewundernd vor einer gestreiften indonesischen Maske mit Tigerzähnen stand.

Jan schien es einen Moment lang, als befände er sich in einer Emmanuelle-Verfilmung. Alles stimmte: Interieur, diplomatisches Milieu, kulturelles Geplauder ... - Letzteres diente im Film natürlich nur als Vorgeplänkel, bis die ersten Hüllen fielen ... Jan zwang sich, an etwas anderes zu denken, was ihm leichtfiel, war doch zumindest Gert eine klare Fehlbesetzung.

„Ljudmilla!", rief Frau Reck nun und schaute dabei in eine Ecke des living room, so als stünde die Hausangestellte dort. Eine ältere Russin erschien, die den Auftrag bekam, noch einmal ein Kännchen Tee für den „verspäteten Gast" aufzubrühen. „Es sind, wie Sie sehen auch noch einige 'Scones' da", Frau Reck machte Anführungszeichen in die Luft, „also das, was Ljudmilla da zusammengebacken hat."

Jan nahm neben Franziska Platz. Sie klimperte mit den Augenwimpern und hatte gerötete Bäckchen, vielleicht war sie gerade von Frau Reck durch die Mangel gedreht worden. Sicher hatte sie bei diesem Afternoon Tea bisher kaum ein Wort gesagt, bekleidete sie doch den niedersten Rang in der Auswärtigen-Amt-Hierarchie der Runde.

„Ich frage mich, wer wohl hinter dieser Verspätung steckt", sagte Frau Reck nun in etwas neckischem Ton und Jan stöhnte innerlich. Gerade weil er solche Treffen mit ihrer Mischung aus Small-Talk und bohrenden Fragen hasste, war er ja erst so spät gekommen, das aber schien nun zu einem besonders quälenden Verhör zu führen. Entweder man war pünktlich und wurde langsam bei mäßiger Temperatur gekocht - oder man kam spät und wurde direkt über einer Art 'gemütlichem' Kamin-Feuer gegrillt. Eine 'lose-lose-situation'.

„Cherchez la femme", meinte Carmen und ihr Mann brummte „Hört, hört".

Dina lächelte sicher gerade einen jungen Verehrer an, aß ein Eis, funkelnde Augen, Grübchen ...

„Gibt's auch Tee mit Schuss", erkundigte sich Gert.

„Nein", beschied Frau Reck streng und hätte sicher Jan weiter verhört, wenn nicht in diesem Augenblick ihr Ehemann hereingekommen wäre.

„So so, während unsereins noch für den Staat schuftet, wird hier also von der halben Botschaft Tee getrunken. Das ist ja schon fast usbekisch, nur ist es da draußen der kuk choy und hier der Earl Grey, wenn ich nicht irre." Dr. Reck sah auf einige Tassen. „Übrigens habe ich kürzlich einen treffenden Witz über die Arbeitsmoral unserer Usbeken gehört ..." Während er weitersprach, schien er insbesondere Jans Reaktion auf seine Geschichte zu verfolgen. „Ein ausländischer Gast beobachtet zwei usbekische Arbeiter: Der erste schaufelt ein Loch, der zweite schaufelt's wieder zu. Dann schaufelt der erste in zehn Meter Abstand wieder eins und der zweite schaufelt's zu. Und so weiter: Loch für Loch in einer Reihe." Reck hob die Augenbrauen, um Verblüffung zu zeigen. „'Was machen denn die Arbeiter dort?', fragt der Gast." Reck ließ sich Zeit, um die Wirkung der Pointe zu steigern, und starrte Jan an. „'Wir pflanzen Bäume, aber der in der Mitte ist krank.'"

Jan, der, ohne auch nur den Ansatz eines Lächelns zu zeigen, weiter an seinenm Tee nippte, beobachtete nun seinerseits Recks Reaktion. Gleichzeitig fiel ihm auf, dass Frau Reck ihrem Mann keinen Tee anbot.

Auch dieser schien das nun zu bemerken und fragte in süßlichem Ton: „Und, Schatz, möchtest du mir nicht auch ein Tässchen kredenzen?"

Frau Reck aber machte keine Anstalten, also bediente Reck sich selbst – ohne eine Miene zu verziehen. „Hat Ihnen der Witz nicht gefallen, Herr Werder?"

Jan setzte das Recksche Duo zu. „Ich habe schon schlechtere gehört, kann aber selten über Witze lachen."

„Nicht einmal lächeln?", hakte Reck nach. „Werder? Bremen? Hanseatische Zurückhaltung?"

Jetzt reichte es. „Wortspiele sind, wie ich las, ein Zeichen für Unsicherheit, Herr Doktor 'Wreck'", Jan sprach das Wort Englisch aus.

„Oho, ein bissiger BNDler, ein geheimnisvoller Geheimdienstler. - Ich bin beeindruckt", bemerkte Reck.

„Danke."

„Sie wissen ja: Diplomatie ist die Kunst der Lüge."

„Lass den jungen Mann doch in Ruhe seinen Tee trinken", sagte Frau Reck, die gelangweilt lächelnd ein wenig an ihrer Frisur herumgespielt hatte.

„Bekomme ich dafür dann das nächste Mal auch Tee?"

„Ach, führ dich doch nicht auf wie ein eingeschnapptes Kind."

Reck wandte sich lächelnd an alle. „Die Ehe ist doch im Grunde genommen eine Handelsbeziehung. Geben und Nehmen müssen sich die Waage halten. Das wiederum bringt mich auf eine Nachricht über ein schottisches Ehepaar, die ich vor einiger Zeit in der Presse las und die das Wesen der Ehe hübsch zusammenfasst, wie ich finde."

Schnauber schien eingeschlafen zu sein, denn er schnarchte leise. Carmen stupste ihn an, damit er aufwachte.

„Lassen Sie ihn doch schlafen", meinte Reck. „Eigentlich kann er auch bis morgen hier sitzenbleiben. Natürlich nur, wenn er nicht einnässt ..."

„Scha-hatz", mahnte Frau Reck. Carmen blickte ihn böse an und sagte dann ganz ruhig: „Ihr Humor gefällt mir nicht."

„Sie haben Recht und ich entschuldige mich in aller Form."

Carmen, die sicher die Absicht hatte, so schnell wie möglich aufzubrechen, versuchte jetzt, ihren Ehemann durch Rütteln an seinem Oberarm aufzuwecken, was nicht gelang.

„Soll ich helfen?", fragte Reck süßlich. „Entschuldigung, wieder ein dummer Scherz. Nehmen Sie es mir nicht übel. Jetzt sitzen Sie hier fest, weil Ihr Mann schläft. Auch ein

Beispiel für die Eigenheiten der Ehe-Gemeinschaft wie die kleine Geschichte, die ich Ihnen erzählen wollte. Also zurück zu dem schottischen Ehepaar. Der Mann ging dem Sport des Hochseefischens nach und die beiden waren allein an Bord ihrer kleinen Yacht irgendwo vor Kuba. Die Marlins wollten aber nicht beißen, vielleicht schmeckte ihnen der Köder nicht. Wer weiß schon, was in so einem Fisch vor sich geht."

Jan schaute auf die Uhr und rückte an die Sofakante.

„Keine Sorge, Herr Werder. Ich habe gleich fertig. Es war heiß, die Frau ging, zur Sicherheit angeleint, schwimmen und erlitt im Wasser einen tödlichen Infarkt. Ihr Mann, unser wackerer Schotte, sah sofort, dass da nichts mehr zu machen war, und entschied sich, das Beste aus der Situation herauszuholen, indem er den Körper seiner Frau als Fischköder benutzte. Ihr letzter Ehe-Dienst gewissermaßen. Ob die Fische besser anbissen, ist nicht überliefert", schloss Reck lächelnd.

„Das ist ja geschmacklos!", rief Carmen erbost.

„Über Geschmack lässt sich nicht streiten, heißt es doch, obwohl ich sagen würde, im Grunde genommen streitet man nie über etwas anderes als Geschmack. - Vielleicht ist die Geschichte ja auch nur gut erfunden."

„Bist du zufrieden, dass du es wieder geschafft hast, Schatz?", fragte Frau Reck ihren Gatten, der lächelnd noch einmal allen Anwesenden zunickte und sich dann empfahl.

„Ich muss Sie alle um Entschuldigung bitten", wandte sie sich an alle, nachdem er gegangen war. „Wenn es in ihn fährt, meist nach einem Arbeitstag als jederzeit freundlicher Diplomat, ist er nicht zu bremsen. Danach tut es ihm dann immer leid."

„Was war denn?", meldete sich nun Schnauber zu Wort, aber niemand antwortete ihm.

Alle brachen gemeinsam auf, gingen vor der Villa jedoch - jeder auf eigene Weise verstimmt - getrennte Wege.

62

8

We lay there without moving. But under us all moved, and moved us, gently, up and down, and from side to side.[8]

Wie war es geschehen? Sie hatten sich vor dem Ilxom Theater getroffen. Waren hinuntergestiegen ins Dunkel und hatten 'Das letzte Band' gesehen, dem Monolog des Schauspielers zugehört, den zerrissenen Erinnerungen, an Liebe, an Schilf, an Effi. Als sie danach in die warme Sommernacht hinaufgestiegen waren, hatte Kien sich plötzlich leicht gefühlt wie seit Langem nicht mehr, jung geradezu, lebenshungrig. Xenia hatte sich in seinen Arm eingehängt, als sie unter den Albizien davongingen. Die üblichen Probleme hatten keine Rolle mehr gespielt, weil ihm Xenia einfach zu nahe kam. Sie nahm einfach keine Rücksicht auf Abstand und schnupperte an seinem Hals. Damit war eine Grenze überschritten, und er hätte flüchten können, flüchtete aber nicht, sondern im Gegenteil, fühlte, dass er sie begehrte …

Einstweilen waren sie jedoch durch die Sommernacht geschlendert, im Duft, den die erhitzten, sich langsam abkühlenden Pflanzen und Dinge aussandten, die Bäume, die Rosen, das Gras, der Kanal, der Asphalt – alles schien aufzuseufzen, ließ los, musste nicht mehr gegen die Sonne kämpfen, hörte auf sich einzukapseln, gab sich zu erkennen. Und genauso war es mit ihnen: Kaum strömte diese berauschende Mischung durch ihre Adern, hatten sich ihre Münder gesucht, fanden sich ihre Lippen, spürten sie ihre Körper, drückten sie aneinander, wussten nicht mehr, was sie eigentlich taten, genossen das süße Vergessen und Xenia hatte flüsternd gefragt, was er mit ihr mache.

„Wenn wir so weitermachen, werden wir verhaftet,

---

8   Samuel Beckett: Krapp's Last Tape

Xenia Andreevna", hatte Kien gesagt.

„Ist mir egal", hatte sie genuschelt.

„Wohin gehen wir?", hatte er gefragt.

„Ich weiß nicht."

Sie waren in seinem Bett gelandet und übereinander hergefallen. 'Das ist das Leben' hatte Kien gedacht ... In der Morgendämmerung waren sie eingeschlafen. Kurz danach mussten sie schon wieder aufstehen, hatten - aneinander vorbeitorkelnd - die Toilette benutzt, ihre Zähne geputzt, beide nebeneinander, kurz in den Spiegel geschaut, - ihr dunkles Vlies neben seinem baumelnden Penis. Xenia hatte gefragt, warum sie das nicht schon füher gemacht hätten.

„Es wird Probleme geben", hatte Kien mit der Zahnbürste im Mund geunkt. Sie hatten gelacht, sich geküsst, nicht viel gesagt, was sollte man auch sagen? Hatten sich vor dem Haus getrennt und waren zur Arbeit gegangen.

So hatte es angefangen. Glücksmomente, ihr Gewicht auf ihm, ihre meergrünen Augen ganz nah im Sonnenlicht blitzend, ihr Sonnenblumenkerne knackender Mund mit dem verruchten Goldzahn, ihre Schultern beim Öffnen des BHs, der Wurf ihrer rötlichen Haare, ihre Zähne auf seiner Zunge, der Geschmack nach Petersilie. In den ersten Wochen hatte er wenig Wodka und Bier gebraucht, dann war es wieder mehr geworden.

9

She was workin in a topless place
and I stopped in for a beer[9]

Jan, der nur ein Stück Gebäck gegessen hatte, lief erst einmal ins Zentrum und ging in ein modernes Schnellrestaurant, das in der Nähe des Broadway lag und vor dem alte Frauen bettelten. Im Untergeschoss aß er Okraschoten in Tomatensoße mit Reis. Plötzlich ekelte er sich vor den 'Ladyfingers', die verrunzelt wirkten. Oben schritt er durch die Menge verwöhnter reicher Teenager, die es sich leisten konnten, hier Hamburger zu essen.

Draußen genoss er die ihn bedrängende Hitze, die gar nicht zur Nachtschwärze zu passen schien. Er stellte sich an die Straße, ein Moskwitch hielt und der Fahrer sah ihn an. Jan sagte nur 'Club', der Mann nickte. Jan schaute auf den hinten abgeplatteten Kugelkopf des Fahrers. Fast alle Usbeken hatten diesen Plattkopf, weil sie als Säugling für die ersten Lebensmonate in Rückenlage in einer Wiege festgebunden wurden.

In dem Stadtteil, durch den sie nun fuhren, standen Frauen am Straßenrand, um sich zu prostituieren. Der Fahrer hielt vor einem Lokal, das 'Rai' hieß. Jan zahlte, was der Mann verlangte, und stieg aus. Der Türsteher winkte ihn durch, Jan stellte sich an die Bar und verlangte die Karte, weil er an die Preis-Tricksereien in solchen Clubs dachte. Hier kostete ein Cognac 'nur' 7 Dollar. Während Jan am Schwenker nippte, setzte sich eine nicht mehr ganz taufrische Dame mit schweren Wimpern auf den Barhocker neben ihm und fragte, ob er ihr einen Drink spendiere. Ein 'njet' und Nichtbeachtung vertrieben sie wieder. Jan sah eine junge Russin, die Linda

---

9   Bob Dylan: Tangled Up In Blue

Evangelista ähnelte und gelangweilt aus dem Fenster schaute, und er fühlte, wie ihn das Jagdfieber packte. Ohne Eile schaute er gelegentlich zu ihr hin und wartete darauf, dass sich ihrer beider Blicke trafen. Als dies geschah, wandte er seinen Blick nicht ab und sah sie solange an, bis sie wegschaute. Beim nächsten Mal kam sie langsam schlendernd zu ihm und Jan fragte sie auf Russisch, was sie trinken wolle.

„Whisky", sagte sie, ohne 'bitte' hinzuzufügen.

Sie trank den Whisky langsam und schaute, wenn sie das Glas abgesetzt hatte, immer wieder in die rauchfarbene Flüssigkeit. Jan wartete, aber sie sagte nichts. Auch er sagte nichts, und sie tranken schweigend. Es liefen ein paar alte russische Pop-Hits, Jan erkannte 'Kroschka moja', mein Krümelchen.

Als sie den Whisky ausgetrunken hatte, fragte Jan sie, ob sie noch ein Glas wolle, aber sie schüttelte den Kopf. Dann sah sie ihn an und lächelte. In ihren klaren grauen Augen waren dunkle Einsprengsel wie Kiesel in einem Bachbett, vielleicht wie dunkle Momente in ihrer Erinnerung, dachte Jan und dann, dass er betrunken sein musste, wenn er so etwas dachte. Er fragte sie, wie sie heiße und sie sagte 'Natalja'. Dann wollte sie wissen, was sein Name sei, und sie schwiegen wieder. Während Jan auch einen Whisky trank, musste er plötzlich an eine seiner schlimmsten Lügen denken. Anna hatte ihn arglos bei einer gemeinsamen Freundin angerufen, - der er, - ein Vorwand - mit einem schweren Möbelstück hatte helfen sollen. Die etwas gedankenlose Freundin, mit der er gerade Sex gehabt hatte, war an den Apparat gegangen, hatte kurz gesagt, sie müsse auf Toilette und einfach den Hörer an ihn, der nackt im Bett lag, weitergereicht. Er hatte Anna etwas vorgelogen, aber es war ihm schwergefallen, einen natürlichen Ton zu treffen. Wahrscheinlich hatte sie etwas geahnt, hatte gemerkt, dass er log. Und er hatte oft gelogen ... Plötzlich umschloss die schöne Hand Nataljas die seine. Sie sah ihm ins

Gesicht, sagte: „Komm, wir tanzen" und zog ihn mit sich. Sie legte ihren Kopf an seinen Hals, ihr Haar roch nach Holzrauch. Während sie sich aneinandergedrückt zu 'Der Leutnant hat niemand der ihm schreibt' langsam im Kreis drehten, musste er weiter an die vielen Lügen nach seinen Seitensprüngen denken, an die zunehmende Traurigkeit Annas, die sich wie der Schatten eines Krähenflügels auf sie gelegt hatte …

Jan fand, während er Natalja in den Armen hielt, dass ihre Körper gut zueinander passten, dachte an Dina, dann nicht mehr …

Nach dem Tanz sah Natalja ihn an und sagte, sie müsse jetzt gehen. Jan konnte seine Enttäuschung nicht verbergen. Sie würden sich wiedersehen, meinte sie, wenn er keine traurigen Erinnerungen mehr mit sich herumschleppte. „Wie ich selbst auch", sagte sie, nahm ihre Tasche und verließ mit schwingenden Schritten den Club.

Jan folgte ihr einen Moment zu spät und sah sie draußen nicht mehr. Er fragte sich zur nächsten Metrostation durch und nahm im kühlen Untergrund den nächsten Zug ins Zentrum. Чиланзар - Мирзо Улугбек - Хамза - Ёшлик - Халклар Дустлиги - Пахтакор - Мустакиллик Майдони, las er die Namen. Um ihn herum saßen Schlafende mit offenen Mündern, meist Männer mittleren Alters mit verlebten Gesichtern, - Bürokraten, Nutznießer niederen Ranges in dieser Diktatur.

Als Jan in seiner Wohnung war, stellte er, bevor er auf dem Sofa einschlief, noch fest, dass die Armlehne nach Männerschweiß roch, war aber zu müde, um aufzustehen. Er konnte sich nicht wehren gegen diesen Geruch eines Vormieters … Diplomat oder Geschäftsmann ... mit nacktem weißen Kullerbauch …

67

10

„Mind, like parachute, only function when open"[10]

Zwischen Kat kauenden Taxifahrern stand Kien um Mitternacht am Taschkenter Flughafen und wartete auf seinen Sohn. Jakob hatte eigentlich nicht kommen wollen, aber es waren Schulferien, seine Mutter musste arbeiten, Freunde hatte er nur im Internet und 'gamen' konnte er auch hier. Kien hatte seine Exfrau überzeugt, dass Usbekistan sicher sei, und Jakob versprechen müssen, das er ihn in Ruhe lassen würde. Es war mehr als ein Jahr her, seit er ihn gesehen hatte. Damals in München hatte ihm ein pickliger Pubertierender gegenüber gesessen, der kaum ein Wort sagte. Zum Abschied hatte er ihm über die fettigen Haare streichen dürfen. Ob das jetzt noch möglich sein würde?

Als er ihn, nur wenige Minuten später, sah, wusste er sofort, dass das nun nicht mehr ging. Der junge Mann, der da schleppend auf ihn zuschritt, war einen halben Kopf größer als er und lächelte nicht. Kien musste warten, bis Jakob durch die Schiebetür getreten war, und überlegte, ob er seinen Sohn umarmen durfte, war jedoch unsicher. Und so wurde es, als sie voreinander standen, ein unbeholfener, nur halb ausgeführter Versuch, bei dem er Jakob die Kopfhörer herunterriss.

Als sie dann nebeneinander im Auto saßen, fiel Kien, immer wenn er beim Fahren kurz zur Seite schaute, auf, wie sehr Jakob seiner Mutter ähnelte. Es war ihm, als säße Ingrid neben ihm, so wie auf ihrer ersten langen Autofahrt nach Italien, als sie sich gerade ineinander verliebt hatten. Kien fragte Jakob, was sie gemeinsam unternehmen sollten.

„Hast du Internetzugang?"

Kien schüttelte den Kopf, und Jakob stöhnte auf. „Du

---

10 Meisterdetektiv Chan in 'Charlie Chan at the Circus'

kannst ins Internetcafé gehen, da gibt's eins in der Nähe."

„Na toll."

Sie fuhren die leeren Straßen entlang.

„Wozu hättest du denn Lust?"

„Zu nichts."

„Wir könnten mal ins Kino gehen." Jakob schwieg. Kien wollte ihn ein bisschen ärgern und fügte hinzu, dass es hier bei Filmen keine richtige Synchronisation gebe, sondern ein einziger Sprecher alle Stimmen monoton vorlese.

Jakob sagte erst wieder etwas, als sie vor dem Haus hielten. Er fragte, wo das Internetcafé denn nun sei.

„Wir sind gerade dran vorbeigefahren."

„Die Information nützt mir ja sehr viel."

Diese nervende Art der Gesprächsführung erinnerte Kien an seine Exfrau und, ohne es zu wollen, fiel er in alte Reaktionsmuster zurück: „Du hast recht", sagte er mit gespieltem Ernst.

Jetzt schmollte sein Sohn. Kien zeigte ihm Küche, Zimmer, Bad, sagte ihm „Gute Nacht", schaffte es, sich fast nicht zu ärgern, dass er keine Antwort bekam, und hoffte auf Besserung am Morgen. Während er sich in seinem Zimmer einen Whisky genehmigte - er hatte sich vorgenommen, nicht vor Jakob und sehr maßvoll zu trinken -, lauschte er dem Tapsen seines Sohns, dem laufenden Wasser, den Kramgeräuschen und fand es gemütlich im Haus.

Kurz vor dem Morgengrauen wachte er auf. Kein Vogel sang, kein Auto fuhr, kein Flugzeug flog. Er konnte nicht weiterschlafen und trank noch einen Whisky. Dann ging er so leise wie möglich die knarzende Treppe hinauf und schaute in Jakobs Zimmer. Unter der Bettdecke ragten oben der verwuselte Haarschopf und unten die großen Füße hervor. Der Anblick rührte ihn.

Am Morgen saßen sie sich in der Küche gegenüber. „Bitte

kein Verhör", war alles, was Jakob sagte.

Kien ließ das so stehen und fragte, ob er einen Kakao wolle. Sie toasteten Fladenbrot und Jakob stellte fest, dass die schwarzen Samen schimmelig schmeckten. Kien schmatzte laut, um das zu überprüfen, was Jakob amüsierte. „Stimmt. Wahrscheinlich zu feucht gelagert", sagte Kien und schaute seinem Sohn zu, wie er aß.

„Was guckst'n so?"

„Ich freu mich, dass du da bist."

„Is ja was Neues."

„Wieso?"

„Hast dich ja nicht oft blicken lassen."

Kien gab zu, dass er nicht gut darin sei, Kontakte zu halten.

Sie fuhren in die Botschaft. Kien wollte ihm seinen Arbeitsplatz zeigen, musste aber die eigene Abteilung auslassen. Je weniger Jakob sah und wusste, desto besser. Als er ihn den Sekretärinnen vorstellte, fiel ihm auf, wie unsicher Jakob im Umgang mit Menschen war. Selbst ein einfacher Händedruck wurde zum Problem. Es gelang seinem Sohn nicht, jemandem gerade in die Augen zu schauen oder einfach still dazustehen. Er wand sich vor Anspannung, verknotete die langen Beine und wusste nicht, wohin mit den Händen. Kien war es etwas peinlich. Dann liefen sie ausgerechnet Dr. Reck über den Weg, der natürlich die Gelegenheit nutzte, beide ein wenig zu quälen. Erst mahnte er Jakob ironisch streng, am besten alles geheimzuhalten, was er sah. Auch die Marke der Kaffeemaschinen, die Süßigkeiten in den Schubladen, Kreuze auf Kalendern und vieles mehr könne, wenn es als Information in falsche Hände gerate, für feindliche Kräfte nutzbringend sein. Er genoss es zu sehen, dass er Jakob verwirrte, und beschloss, die Schraube noch ein wenig weiter zu drehen, indem er Kien scherzhaft gewisse Nachlässigkeiten unterstellte. Von Harmlosigkeiten, wie der, dass Kien seine Tasse selten richtig ausspüle und dadurch wertvolles Personal binde, bis hin zu Dreisterem, etwa dem Hinweis, dass Kien sich oft so gut tarne, dass er über weite Strecken einfach nicht im Hause zu finden sei.

Kien schaute demonstrativ auf seine Armbanduhr. Dr. Reck machte auch das zum Gegenstand seiner Kabaretteinlage. „Ach, pressiert's? Haben wir einen Termin? Darf man fragen, mit wem?"

„Mit dem Botschafter", log Jakob wie aus der Pistole geschossen.

Kien war erstaunt. Jakob zeigte ungeahnte Eigenschaften.

„Ja, wenn das so ist." Dr. Reck gab galant den Weg frei und ließ sie weitergehen. Als sie kurz vor der Biegung des Gangs waren, rief er ihnen allerdings lachend hinterher, dass seine Exzellenz heute doch außer Hause sei.

Sein unangenehmes Lachen war noch zu hören, als sie um die Ecke gebogen waren und in Richtung Ausgang gingen.

Kien konnte sich heute nicht weiter um Jakob kümmern, denn er musste arbeiten. Die Fahrt des neuen Kollegen ins Ferganatal war vorzubereiten. Jakob wollte ins Internet-Café, also parkte Kien in der Nähe des Hotels Rossija und sie gingen ein Stück gemeinsam. Ein paar Straßenkinder bettelten ihn an und er gab dem kleinsten Jungen 20 Sum. Das Geld wurde ihm gleich von den anderen abgeknöpft - wahrscheinlich kauften sie Klebstoff zum Schnüffeln dafür, vielleicht aber auch ein Fladenbrot oder die handgerollten harten Milchbällchen, die alte Frauen verkauften. Er sah zwei Tankwagen mit Getränkfüllung am Straßenrand. Auf einem stand 'КВАС', auf dem anderen 'МОРС', mors, der Tod, der wirklich eintreten konnte, wenn man das Zeug trank. Weil er keine Lust zu rennen hatte, fiel er etwas zurück und sah seinen Sohn mit langen Schritten voranschreiten. Waren sie beide Süchtige? Wie ungelenk sein Sohn war, noch gar nicht im

71

Einklang mit seinem Körper, und wie sehr er als Fremder auffiel, - anders gekleidet, merkwürdig unter den kompakten, selbstsicher starrenden Usbeken. Jetzt sah Kien, wie Jakob eine der typischen Touristenfallen gestellt wurde. Ein junger Mann, der vor ihm ging, ließ unauffällig ein Bündel Dollarscheine fallen. Höbe Jakob es auf, würde der Mann zurückkommen und sagen, dass er 100 Dollar verloren habe. Ein Ring von Freunden des Mannes würde sich um Jakob und den Mann bilden und die Summe bestätigen, während dieser nachzählte. Etliche Dollars würden fehlen. Wer sollte sie abgezweigt haben, wenn nicht der Finder? Die Umstehenden würden diese Dollars von Jakob zurückverlangen. Es würde geschimpft und nach der Polizei gerufen werden, solange bis das entnervte Opfer die Dollars aus eigener Tasche herausgerückt hatte. Kien aber sah entspannt zu, denn er kannte seinen Sohn. Jakob, der als Hypochonder eine Abscheu vor der Berührung mit Geld hatte, sah das Geld, ging aber einfach daran vorbei. - мóлодец, gut gemacht, Junge, dachte Kien und sah zu, wie einer der Gauner das Geld schnell wieder aufhob und nach dem nächsten Opfer Ausschau hielt.

Als Kien seinen Sohn eingeholt hatte, erklärte er ihm den Taschenspieler-Trick, weil er wusste, dass ihn so etwas interessierte. Jakob wollte wissen, was passierte, wenn man mit den Tricksern auf die nächste Polizeiwache ginge. Wahrscheinlich, meinte Kien, stecke der 'Müll', wie die Leute hier Polizei und Miliz einfach nennen würden, mit den Gaunern unter einer Decke.

Kaum hatten sie das schlauchartige Internet-Café betreten und für zwei Stunden bezahlt, war Kien abgemeldet. Jakob starrte auf den Bildschirm und war nicht mehr ansprechbar. Kien sah noch ein paar Kindern zu, die an zwei Rechnern Counter-Strike spielten, dann ging er.

Im Büro ließ er Frau Bezmilutinova einige Termine bestätigen, dann musste er sich nach langer Zeit wieder einmal persönlich bei den Amerikanern in Termez melden. Deren Pflicht-Smalltalk ging ihm auf die Nerven: Wetter und Sport wie immer, dann die überraschende Aufforderung an ihn, eine Liste der zu besprechenden Themen vorab zu schicken. Drehten die jetzt durch? Er spielte mit dem Gedanken, nur einschläfernde Stichworte wie 'Wetter, Sport, Chicken Wings' oder Ähnliches auf die Agenda zu setzen und dann noch einen Schock-Zusatz wie 'Homeland Security / Waterboarding' oder noch härter, weil informierter: 'Abu Ghraib / Abuse'. In diesem Moment steckte Dr. Reck seinen Kopf ins Büro und sagte: „Kompliment an Ihren Filius - er beherrscht die Kunst der diplomatischen Notlüge ja schon besser als Sie."

Kien stand auf und machte Anzeichen, sein Büro zu verlassen.

„Ich habe den Eindruck, Herr Kien, Sie weichen mir aus?"

„Ist das so?"

„Sehen Sie, das ist genau das, was ich meinte: Le mensonge diplomatique – ce n'est pas votre tasse de thé. - Oder sollte ich sagen: votre bière?" Lachend gab er nach seiner Anspielung den Weg frei.

Kien beschloss, während er übers Linoleum quietschte, herauszufinden, welche Leichen der Herr Doktor im Keller hatte. Da musste es etwas geben. So jedenfalls ging das nicht weiter.

Auf dem Gang standen Jan Werder und Tvoludin zusammen und führten ein Männergespräch über Autos. Er stellte sich dazu, sagte nur „mashin kaputt" und und führte den neuen Kollegen fort. „Warum sind Sie nicht im Büro?"

„Das müssen Sie gerade fragen."

„Lassen Sie uns auf den Hof gehen."

Sie stellten sich in den flimmernden Schatten eines großen Baums. Kien fiel zum ersten Mal auf, dass der neue Mitarbeiter Alain Delon ähnelte, - hoffentlich war er kein solches Arschloch. Ein Frauenschwarm war dieser Typ aber auf jeden Fall. Kien zündete sich absichtlich langsam eine Zigarette an und schaute hinauf in die Zweige. „Eine Esche", sagte er und begann, auf Russisch ein altes Lied zu singen: „Ich fragte die Esche, wo meine Geliebte ist."

Was das solle, fragte Werder ärgerlich.

Kien zuckte mit den Schultern. „Kultur – Schmultur."

„Also?", stieß Werder hervor.

Kien erläuterte ihm, dass er, weil er der anderen Seite noch unbekannt sei, übermorgen in Andizhan einen Kontaktmann treffen müsse, der kurz vor der Enttarnung stehe. „Wir brauchen unbedingt seine neuesten Informationen und müssen eine möglichst risikofreie Art der Kontaktaufnahme wählen. Fällt Ihnen dazu was ein?"

„Sie haben sich das Ganze doch ausgedacht", sagte Werder nur.

Jetzt wurde Kien böse. „Wenn Ihnen unser V-Mann egal ist oder wenn Sie irgendwie auf all das hier scheißen, dann – mit Verlaub – sind Sie ein Arschloch", sagte er. „Kennen Sie das Zitat? So jedenfalls wird nichts aus Ihnen. Sie sind kein 'Werder', Werder", schrie er ihn an. „Sie sind ein Nie-Gewordener!"

Werder schien unbeeindruckt. „Was ist denn mit Ihnen los? Und Ihre Wortspiele können Sie in die Tonne kloppen."

Kien beruhigte sich etwas.

„Wir lassen einfach vorher eine andere Person aus dem Umfeld verhaften", meinte Werder gelassen. „Derjenige wird dann von der Bande verdächtigt, nicht dichtgehalten zu haben, und lenkt von unserem Mann ab."

Kien ließ sich das kurz durch den Kopf gehen. „Wäre vielleicht machbar, ich könnte Druck auf einen lokalen Ermittler ausüben. Müsste aber ein kleiner Fisch sein, sonst schaffen wir das nicht. Aber wie kommen wir an unseren Mann ran?"

„Den brauchen wir ja gar nicht, sondern nur die Informationen", gab Werder zu bedenken.

„Schreiben dauert zu lang, Telefonieren ist zu gefährlich."

„Was ist denn das für einer?"

„Typ Familienvater, gut erpressbar, ängstlich."

„Wir könnten über die Kinder gehen."

„Scheint mir zu kompliziert und riskant."

„War ja nur so eine Idee."

Kien meinte, ein Schmunzeln um Werders kussverwöhnten Mund spielen zu sehen. Das ließ ihn vermuten, dass dieser ihn mit dem Einfall nur veräppelt hatte. „Nein", sagte er mit unterdrückter Wut, „der direkte Weg ist die einzige Möglichkeit." Er hatte schon öfter festgestellt, dass er immer erst einmal alles glaubte und ärgerte sich jedesmal darüber, denn gerade für einen Agenten war diese Haltung völlig ungeeignet.

„Ist ein Zeichen vereinbart?", fragte Werder.

Kien verbarg seinen Ärger. „Ein Passwort."

„Sie vertrauen mir nicht?"

„Nein", antwortete Kien. „Sie mir?"

„Nein."

„Dann ist ja alles gut."

„Ja ... wenn's weiter nichts gibt ..."

„Ich halte Sie auf dem Laufenden", sagte Kien, „- Sie mich auch?"

„Sie mich auch", erwiderte Werder unverschämt.

Kien ließ das durchgehen. Er war es ja, der Werder zuerst beleidigt hatte. Sie waren quitt. Kien sah, dass sich der Körper seines Gegenübers straffte und ein leichtes Lächeln zwei Grübchen in sein Gesicht zauberte. Das konnte unmöglich ihm gelten, dachte er, drehte sich um und sah, dass sich Frau Reck im Tennisdress näherte.

„Ich habe Sie überall gesucht. Was ist mit unserem Match?" Sie stülpte die Lippen zum Schmollmündchen vor.

„Der Kollege hat mich aufgehalten", sagte Werder trocken.

„Keen on Kien, so to say? - Aber Herr Kien", wandte sie sich vorwurfsvoll an ihn, „immer Ihre Hinterhof-Besprechungen. Gewöhnen Sie sich das doch mal ab."

Damit war er abgefertigt. Kien sah seinen Mitarbeiter in sportlich tänzelnden Schritten in Richtung Umkleide laufen. - 'Schmidtchen Schleicher mit den élastischen Beinen', ging ihm der blöde Schlager durch den Kopf. Frau Reck sah dem dynamischen Körper einen Moment lang nach, dann durchfuhr sie ein Ruck und es war, als greife wie in einer alten, rumpelnden Geisterbahn ein Haken nach ihr und ziehe sie in einem Wägelchen hinterher.

Kien zündete sich eine Zigarette an. Blickte in den blauen Himmel und genoss das Schwindelgefühl, das ihn von all dem hier ablenkte. Einen Moment später war jedoch alles wieder da. Was war los mit ihm? Er hatte dem Kollegen gegenüber die Kontrolle verloren, sein Denken stellte mechanisch unlustige Zusammenhänge her, seine Nerven waren überreizt wie ein Skatblatt – da, schon wieder! Das alles waren Entzugserscheinungen, weil er weniger trank, - Xenias wegen und auch weil Jakob da war. - Noch eine Zigarette! Kent, die erste aller Filterzigaretten, aber gerade der Filter hatte den krebserregenden Asbest enthalten. 'Kent in Taschkent', dachte er und 'Kennt Clark Kent Kent?'. Fluchend schnippte er die Zigarette weg.

11

Hit the road, Jack and don't you come back
no more, no more, no more, no more[11]

Die Morgendusche hatte die schlechten Träume in den Abfluss gespült, der Instant Coffee die letzten Traum-Reste weggeätzt. Jan war es so gewohnt.

Jetzt saß er hinten im Dienstwagen und ließ sich ins Ferganatal fahren.

Ein wenig außerhalb der Stadt hockten alte Männer, - die quadratische Pappmütze auf dem Kopf, Steppmantel -, neben der Straße. Bald waren sie auf dem Land. Weite Äcker. Jan schaute konzentriert hinaus, er wollte nicht denken, denn seine Gedanken waren unerfreulich in letzter Zeit. Nun erst fielen ihm die Berge auf, weit weg, auch nach dem langen Sommer immer noch mit weißen Spitzen, davor musste das Tal liegen. Er sagte dem Fahrer, er solle ihn wecken, bevor sie den Pass erreichten, und schlief ein.

Die Wohnung einer Frau, ein zerwühltes Bett. Die Frau, die dachte, sie seien ein Paar, stand in der Küche, während die Abenddämmerung hereinkroch. Er wollte so schnell wie möglich weg, denn Anna wartete schon seit einer Stunde auf ihn, aber es war unmöglich einfach so zu gehen. Die Frau, die ihn, wenn sich ihre Blicke trafen, anlächelte, tat ihm leid. Er suchte eine Ausrede, aber es fiel ihm nichts ein. Er stellte sich ans Fenster, draußen schien ein Sturm aufzuziehen, Zweige kratzten übers Glas, sein Blick fiel auf das Telefon. Auch Anna tat ihm leid. Er musste raus hier. Er nahm den Hörer ab und tat so, als riefe er einen Freund an. „Was? Soll ich dich fahren?", schauspielerte er. „Ich mach mich sofort auf den Weg." Er müsse seinen Freund Max, den sie nicht kenne, ins

---

11   Ray Charles: Hit the road Jack

Krankenhaus fahren. Die Frau sah ihn mitfühlend an und bot ihre Hilfe an. Mühsam unterdrückte er seine Genervtheit. Das sei nicht nötig, sagte er, sie kenne Max ja gar nicht, es müsse schnell gehen, Max werde das sicher zuviel, und merkte, während er Gründe anhäufte, dass deren Vielzahl seine Argumentation nur schwächte, dass dadurch offenbar wurde, dass er die Frau nicht dabeihaben wollte, was sie wohl auch so empfand, denn ihr Gesichtsausdruck wurde traurig und sie gab auf. Wie froh war er, als er endlich draußen auf der Straße stand, umtost vom Sturm. Schon hatte er die Frau vergessen, jetzt musste er sich auf Anna einstellen, Kastanien knallten auf Autodächer, er setzte sich in den Wagen und merkte, dass er duschen musste, der Geruch der Frau haftete an ihm, aber er hatte keine Zeit, Anna wartete. Wie er sie dafür hasste, für diesen Druck, der ihm die Luft nahm, er sah hinauf in die über ihm sich windenden Alleebäume. Er würde noch länger brauchen, der Abend war jetzt schon verdorben. Wie er Anna kannte, würde er seine Schuld und sein Versagen in ihren Augen lesen und in ihrer Stimme hören, musste er das denn ertragen? Er würde eine Panne vorgeben, sich mit Öl beschmieren, die Hände, den verräterischen Schritt, den Hals, sagen, er habe erst einmal versucht, den Schaden selbst zu finden, dann auf den Dienst gewartet, der den Wagen repariert habe, und vergessen anzurufen, wegen des Stresses, der vielen Hindernisse, wie die Nummer des Diensts in der Dunkelheit zu entziffern, im Sturmgeheul zu telefonieren, eine Beschreibung des Standorts zu liefern ... Schließlich würde er bei Anna erscheinen, sich entschuldigen und schnell unter der Dusche verschwinden, um dann von allen Spuren befreit, einen gemütlichen Abend mit ihr zu verbringen ... Jetzt stand er vor Annas Haustür, die Tür öffnete sich, aber erst sah er sie gar nicht, als er sie dann sah, erschrak er, denn sie hatte die Augen geschlossen und wankte auf ihn zu, griff mit schlenkerndem Arm nach seiner Hand und zog ihn mit sich.

Ihre Hand war eiskalt, ein Geruch nach feuchter Erde folgte ihrem Körper wie eine Schleppe, es schauderte ihn. Sie zog ihn zum Bett, doch es war von gelblich faulenden Blumen bedeckt. Dort sank sie hinein, ihn mit der einen Hand umklammernd und mit der anderen Erde über sich scharrend …

Der Fahrer weckte ihn und Jan sah hinaus. Erde, aufgerissen, verschoben, um die Straße zu erweitern, dunkelgrauer Schotter … Er hatte sich an die schlechten Träume gewöhnt. Ein Jahr war es her, dass Anna sich mit Schlaftabletten vergiftet hatte. Er war auf Dienstreise gewesen und hatte sich gewundert, dass sie nicht ans Telefon ging. Erst später hatte er angefangen, in seiner Erinnerung nach Anzeichen zu suchen. Zum Abschied hatte sie ihn geküsst und 'Leb wohl' gesagt, meinte er sich nach quälenden Rekonstruktionsversuchen zu erinnern.

Jan zwang sich, an seinen Auftrag zu denken. Er würde den Hokim von Andijan zu einem Gespräch treffen, in dem, neben der Sondierung des Minenfeldes 'Verbleib von Geldern', auch ein Termin mit Sobir Sodiqov vereinbart werden sollte. Die Besichtigung einer Seidenproduktionsstätte dieses einflussreichen Unternehmers stand ebenfalls auf der Agenda. Jetzt sagte der Fahrer, dass sie gleich an der Unfallstelle seien. Jan fiel schon von Weitem das allein stehende Haus auf, von dem Kien gesprochen hatte. Während sie sich näherten, bemerkte er, dass die Fenster im Obergeschoss mit Brettern vernagelt, im Untergeschoss vergittert waren. Er sagte dem Fahrer, er solle halten.

Sie standen am Straßenrand, hin und wieder fuhr ein alter russischer Laster vorbei und schleuderte Rollsplitt gegen das Auto. Der Fahrer warnte ihn davor, sich das Haus näher anzusehen. Jan sagte ihm, er solle bei laufendem Motor im Auto bleiben, und stieg aus. Langsam ging er auf das Haus zu. Sicher ein ehemaliges Dienstgebäude, dachte er und versuchte, durch eines der vergitterten Fenster hineinzuschauen. Alles was er sah, war Schwärze. Als die Sonne zwischen den Wolken hervorkam, meinte er, die Schwärze glitzern zu sehen. Es schien, als habe man die Fensteröffnungen mit schwarzer Seide verhängt. Er ging langsam um das Haus herum. Auf der Rückseite lag Schafkot in der Nähe der Wand, ein Kellerfenster war zersplittert. Er wusste genau, dass er das, was er nun tat, auf keinen Fall tun sollte, denn sicher beobachtete man ihn. Aber er konnte nicht widerstehen, sicher würde man ihn nicht gleich ausschalten, wie sie das vielleicht mit seinem Vorgänger gemacht hatten, und wozu war er denn sonst hier? Also griff er durch das Loch im Glas, hebelte das Fenster auf, schaltete seine Taschenlampe ein und kroch hinein. Drinnen stank es süßlich nach Müll, ein Gestank, der immer übler wurde, je weiter er in den Keller ging. Aus einem Raum, in den er hineinleuchtete, stoben ihm Fliegen entgegen. Die Wände des Raums waren beschmiert, in einer Ecke lag etwas. Als er erkannte, was es war, musste er würgen. Es waren die Geschlechtsorgane eines Mannes. Er stolperte aus dem Raum, lief zurück, kletterte durch die schmale Öffnung wieder hinaus und dachte nur einen Gedanken: Hier war Solde gewesen. Draußen schauderte es ihn, er schüttelte sich und atmete tief ein. Dann ging er um das Folterhaus herum zum Auto, setzte sich hinein und sagte nur kurz „Nichts Besonderes".

Kurz darauf erreichten sie die Unfallstelle. Diesmal stiegen sie beide aus und der Fahrer zeigte ihm, wo der Wagen von der Straße abgekommen sein musste, in die Schlucht gestürzt war und wo er gelegen hatte. Jan bestand darauf, hinunterzusteigen. Es ging etwa zweihundert Meter steil bergab, und er rutschte mehr als dass er kletterte. Unten war ein großer schwarzer Fleck zu sehen inmitten verkohlter Sträucher. Jan schaute sich um, fand aber auch in der weiteren Umgebung nichts, das vielleicht beim Aufprall hinausgeschleudert worden war. Natürlich war hier alles von usbekischer, aber auch deutscher Seite durchkämmt worden. Er setzte sich auf einen Felsbrocken. Hier also war sein Vorgänger gestorben. Dann kletterte er den Hang hinauf und ließ sich, ohne ein Wort zu sagen, von Jurij weiterfahren.

Im Verlauf einer halben Stunde wichen die schroffen Steilhänge weniger steilen lehmigen Flächen. In einer Art Kessel sahen sie eine Ansammlung von Lastwagen. Nicht weit entfernt davon stieg Staub auf. Jurij erklärte ihm, dass dort ein traditioneller Reiterwettkampf veranstaltet werde. Sie fuhren näher heran, holperten über den unebenen Boden. Jetzt sah er die Reiter: Eine Gruppe jagte auf wendigen Pferden einem Ausreißer hinterher, der, tief über den Hals seines Pferds gebeugt, etwas Sackartiges seitlich am Widerrist hinunterbaumeln ließ. „Ziegenbock, alles abgeschnitten, voll Salz und zugenäht Hals, zwanzig Kilo", sagte Jurij und versuchte die Regeln zu erläutern. Jan speicherte es ab als Pferde-Football mit einer Tierleiche. Die Ladefläche eines Lasters diente einem Dutzend Männern als Wodka-Tresen, andere hockten rauchend und ausspuckend in Gruppen herum. Frauen waren nicht zu sehen. Nun wurde gejubelt. Ein Reiter kam, gefolgt von anderen, angaloppiert, warf den aufgerissenen Ziegenbockrest auf den Boden, sprang vom Pferd, so dass sich seine Lederstiefel in den sandigen Boden bohrten, und kippte unter Gratulationen einen Wodka. Er trug eine Panzerfahrerkappe, von der ein Ohrenschützer abgerissen war und hatte ein zerkratztes, blutendes Gesicht, grinste aber breit. Dann stopfte er den Stapel zerfranster schmuddeliger Geldscheine, der ihm gegeben wurde, in seine Hosentasche und trank einen zweiten Wodka. Ein Hund biss in den Rumpf des Ziegenbocks, wurde aber getreten und flüchtete unter dem Gelächter der Männer jaulend und mit eingekniffenem Schwanz. Jemand drehte die Musik in einem Autoradio auf, ein paar Männer machten Tanzschritte, Jan und Sergej wurden plötzlich umringt, schwielige Hände reichten ihnen russische Teegläser mit Wodka, dazu Fleischspieße, Leber und Fett, erwartungsvolle Blicke, auffordernde Gesten, blitzende Augen, gelbe Zähne mit goldgelben Kronen, kaum jemand verstand Russisch, oder niemand wollte es sprechen, nur ein paar Wörter, es gab Gelächter wie nach Witzen unter der Gürtellinie, dann noch mehr Gelächter. Jurij rettete sie, indem er sich, die Hand auf dem Herzen, verneigte und auf Usbekisch bedankte. Jan tat es ihm nach. Man rief ihnen etwas hinterher und wieder wurde gelacht. „Ein lustiges Völkchen", kommentierte Jan im Auto. Jurij fuhr schweigend.

Je weiter sie ins Tal hinab kamen, desto wärmer wurde es. Felder beiderseits der Straße, Baumwolle, denn er sah weiße Flecken. Frauen in braunen Kleidern, gebückt zwischen den aufgeplatzten Kapseln, Männer mit dunkler Hose, weißem Hemd, die Fahrräder mit Zwiebelsäcken schoben.

Nach mehr als fünf Stunden Fahrt kamen sie in Margilan an. Der Besichtigungstermin in der Seidenfabrik des ominösen Herrn Sodiqov war in einer Stunde.

12

(Ausgaben: 2.-DM Astor-Zigaretten+1 kl.Gin=6.8o/
+1 Ltr.Weißwein 3.85) / : (Ausgabe: 1.-DM Lux)?[12]

Kien gab dem Fahrer Geld und sah dem aufgemotzten
Zaparoschetz hinterher. Er war in Gedanken versunken, die
immer wieder unterbrochen wurden von aufblitzenden Bildern
von einem kalten Bier mit Schaumkrone oder einer
beschlagenen Karaffe mit Weißwein. Das Craving des
Alkoholikers, dachte er, dann an Ingrid, seine Ex-Frau, das
schnelle Auseinanderdriften, schon bald nachdem sie
geheiratet hatten. Und plötzlich, ohne dass es zu großen
Szenen gekommen war, herrschte zwischen ihnen ein großes
Schweigen. Jakob war damals noch in der Grundschule
gewesen. Die Trennung hatte sich dann jahrelang hingezogen.

Er ging an den Elektroläden neben dem hässlichen Hotel
vorbei, der Verkehr toste, die heiße Luft stank nach Abgasen.
Die Platanen pellten sich, ihr Staub kratzte in den Augen. Um
die Fahrbahn zu überqueren, musste er sprinten, das tat gut,
erinnerte ihn an seine Jugend, als er ein schneller Läufer war
und gerne einfach in die Luft gesprungen war …

Außer Atem ging er in das Cyber-Café hinein und staunte.
Eine Traube von Kindern und Jugendlichen feuerte seinen
vorm Computer sitzenden Sohn an. Kien stellte sich dazu und
schaute über die nach Frittierfett riechenden Köpfe hinweg auf
den Monitor, vor dem Jakob ganz ruhig saß. Auf dem
Bildschirm fand ein Gemetzel statt, dessen Held sein Sohn
war. Es sah so aus, als befreie er Geiseln aus der Hand von
Terroristen, die vor allem AKs benutzten. Ein Arsenal von
Waffen wurde verwendet, von Sniperrifles über Pistolen,
Sprengsätze und Rauchgranaten bis zum Messer, Blut spritzte,

---

12 Rolf Dieter Brinkmann: Notizen (Fakten) Tagebuch, 3. Teil

es wurde durch Wände geschossen, es war ein rauschhaftes Ballern und großes Sterben. Offenbar hatten die Jungs hier noch nie einen so guten Spieler gesehen. Kien sah, dass ein kleiner Junge sogar seine Hand auf Jakobs Schulter gelegt hatte. Immer wieder wurde 'Buyuk!' oder 'Molodietz' gerufen. Plötzlich aber war das Spiel zu Ende. Kien sah, dass Jakob seinem Gegner, wahrscheinlich war es ein Freund aus München, ein paar Worte schrieb. Er räusperte sich und Jakob wandte sich zu ihm um.

„Kann ich noch ein bisschen spielen?"

„Ein andermal ..."

„Morgen?"

„Okay." Kien wollte raus aus dem Schlauch, in dem Zehnjährige Leichenberge auftürmten oder, wie er aus dem Augenwinkel sah, eine sexy Heldin im Regen an Hauswänden hochklettern ließen und auf ihren Busen starrten.

Auf dem Bürgersteig draußen mussten sie in Schlangenlinien durch Gruppen von Schülern hindurch, die dunkle Schuluniformen trugen und Sonnenblumenkerne knackten.

„Hast du Hunger?"

Jakob nickte.

„Dann lernst du mein Lieblingsgericht kennen."

Sie gingen durch eine Mahalla. Zwischen den Häusern standen Pflaumenbäume auf ausgetrocknetem Lehmboden. Im Schatten spielten ein paar Kinder mit einem platten Ball. Das Ding landete vor Jakobs Füßen und er versuchte, den Ball mit dem Fuß anzulupfen, schaffte es aber nicht und lachte über sich selbst. Dann wollte er den Ball dem kleinsten Jungen zuschießen, aber das Ding flog in einen der Bäume und blieb hängen. Jakob holte es zwischen den Zweigen hervor und gab es dem Kleinen. Beide grinsten sich an. So kannte Kien seinen Sohn gar nicht. Dass er über die eigene Ungelenkigkeit lachen konnte, freute ihn.

„Guck mal!", rief Jakob und zeigte auf einen Vogel, der abseits auf einem Zweig gelandet war. Groß, hellrostrot, mit einer Federhaube, schwarzweiß gestreiften Flügeln und einem langen dünnen gebogenen Schnabel.

„Ein Wiedehopf."

„Du und deine Vögel", kommentierte Jakob Kiens Erklärung, fand das dann aber wohl doch zu schlecht gelaunt und undankbar und erinnerte ihn daran, wie er ihm früher die Rufe von Meise und Buchfink vorgemacht hatte. „Zi-zi-beh! Würz'ge Bier!", zog er ihn auf.

Sie überholten einen Eselskarren, auf dem zwei große Blechkannen standen. „Quaymok!" rief der Fahrer heiser, ein vertrocknetes Männlein mit spitzem Kirgisenhut, das aussah wie das alte Ost-Sandmännchen, also wie Ho-Chi-Minh. „Den Quark musst du mal probieren", sagte Kien. Jakob streichelte den struppigen Esel, der neben ihm sehr klein wirkte.

Im Schatten von Weinreben bestellten sie zwei Portionen Lagman. Die Suppenteller mit den unregelmäßig geformten Nudeln in dampfender Brühe standen schnell vor ihnen. Es schmeckte Jakob und Kien erzählte, während er wieder an kühles Bier dachte, von den Erfindern des Gerichts, den muslimischen Uighuren, den Westchinesen hier. „Lapschá, russisch für Nudeln, kann man übrigens jemandem ans Ohr hängen. Das heißt, dass man ihn volllabert"

„Also das, was du gerade machst." Jakob lächelte ihn an.

Sie tranken ein paar kleine Flaschen Coca-Cola und saßen einfach nur träge da zu zweit.

Irgendwann fragte Kien nach Ingrid, und Jakob erzählte widerwillig, dass sie viel arbeite und jemanden kennengelernt habe. Einen Engländer, der ihm mit seiner gekünstelten Art auf die Nerven gehe. Und Ingrid lasse ihn in Ruhe und „ins grid", das sei die Hauptsache. Jakob lachte über sein eigenes Wortspiel, saugte beim Lachen die Luft ein, die typische deutsche Nerd-Lache.

Kien schaute auf seine Uhr. „Um vier fängt immer ein Film im 'Dom Kino' an. Es ist sowieso zu heiß, um irgendwas anderes zu machen."

„Was läuft denn?"

„Ich meine, ich hab Werbung für den 'Terminator' gesehen."

„Den neuen? Drei?"

„Glaub ja"

„Yeah! Lass uns gehen!"

Sie schlurften durch die unerbittliche Hitze, versuchten, im Schatten zu bleiben. Auf dem Grünstreifen in der Mitte der Allee, in flimmernder Abgasluft, kehrte eine Gruppe von Frauen mit kleinen Bastwischen oder Reisigbündeln Papier- und Plastikmüll zusammen. Seltsam, dass sie keine langstieligen Besen verwendeten, dachte Kien, gleich aber weiterdenkend, dass dies ein wenig origineller Gedanke sei, den er schon von vielen Expats hier gehört hatte.

Eine Viertelstunde später ließen sie sich durchgeschwitzt in die Kinosessel fallen und begannen in der Zugluft der Klimaanlage zu frieren. Kien fand eine alte Zeitung im Foyer und legte die Blätter um seinen Oberkörper. Jakob, dem das peinlich zu sein schien, würdigte ihn keines Blickes. Als Kien sagte, dass es helfe, zischte Jakob nur „Bin ich 'n Penner?" zur Seite. Zehn Minuten später hüllte er sich bibbernd doch auch in Zeitungspapier ein. Es war gemütlich, so neben seinem Sohn zu sitzen, möglichst nah, damit es wärmer war, bei leichten Bewegungen knisternd, bei stärkeren raschelnd. Kien schlief bald ein und wachte nur bei einigen Szenen kurz auf. Miss Unkaputtbar stippte einer Sterbenden den Finger in eine Wunde und leckte ihn ab. Er sah, wie sie Schwarzenegger den Kopf wegbruzzelte und ihm das Genick brach.

Jakob weckte ihn und Kien pellte sich ungelenkig aus der Zeitung. Draußen genossen sie die heiße Sommerluft und kniffen im grellen Licht die Augen zusammen.

„Diese Terminatrix", sagte Kien, weil ihm nichts anderes einfiel, „war vielleicht sogar noch ein bisschen hartnäckiger als deine Mutter."

Jakob stöhnte genervt. „Lass Mama aus dem Spiel, ja?"

Schweigend gingen sie weiter. Nach einer Weile versuchte Kien, die Unterhaltung wieder in Gang zu bringen, indem er nach den technischen Aspekten im Film fragte.

„Endoskeleton find ich langweilig, Nanorobotik schon interessanter. Wenn man sich vorstellt, wie kleine Robots dein Gehirn reparieren ...“

„Das wär schön", scherzte Kien.

„Allerdings", sagte Jakob ohne Ironie. „Oder deine Blutgefäße reinigen ...“

„Ich stell mir kleine Männchen vor, die in Gummikleidung durch Rohre watscheln und erstarrtes Fett von den Wänden schrubben. Vielleicht pfeifen sie kleine Liedchen dabei."

War da so etwas wie ein Lächeln über das Gesicht seines Sohnes gehuscht? „Ihr Piepsstimmchen könnten deinen Tinnitus überlagern."

Inzwischen waren sie an den Kanal gelangt. Ein Dutzend Jungs plantschten im Wasser. Sie kamen zu den alten Badminton Plätzen und warteten auf Dina, die schon hätte da sein sollen. Kien hatte die Verabredung über Xenia getroffen.

„Im Film waren das ja nur Verfolgungsjagden und Kampfszenen", sagte Jakob plötzlich. „Aber bald sind die Maschinen so intelligent, dass sie eine eigene Sprache entwickeln, die die Menschen nicht mehr verstehen können. Und vielleicht beschließen sie dann, uns auszuschalten, weil wir den Fortbestand der Erde und damit sie gefährden."

Kien beobachtete neidisch zwei Bier trinkende, dicke Russen in Badehosen.

13

„Yesterday I was looking for a thread.
Today, I'm looking for a piece of string. "[13]

Das Hotel war außen und innen hässlich. Weil Jan vermutete, dass sein Zimmer abgehört wurde und zudem zeigen wollte, dass er eine Respektsperson war, beschwerte er sich erst einmal über Lage und Geruch des Zimmers und bestand darauf, ein anderes zu bekommen. Nach kurzer Verhandlung wurde er auf ein Zimmer geführt, das tatsächlich besser war, sicher aber auch abgehört wurde. Kurz darauf ließ er sich von Jurij zur nahe gelegenen Seidenfabrik fahren. Sie warteten vor dem Eingang unter einem abgewetzten Schild mit der Aufschrift 'Goldyorik'. Während sie warteten, vertrieb sich Jan die Zeit damit, die Buchstaben des Namens umzustellen. Kilroy-God, Dog-lik-Roy, Roy-kil-Dog, Yogord-Lik usw. Der Geschäftsführer war ein untersetzter jovialer Usbeke mit den üblichen Blechzähnen und Knoblauchfahne. Er stellte sich als Rafshan Murkilmedov vor, zeigte Jan erst einmal auf einer Veranda die ekelhaft großen weißen Raupen auf Maulbeerblättern und erklärte ihm, dass man sie auch essen konnte. Dann hielt er ihm einen großen weißen, mottenartigen, flugunfähigen Falter vors Gesicht und führte ihn in die eigentliche Fabrik hinein.

Ungeheure Hitze, stinkender Dampf und Lärm empfing ihn. In flachen Kesseln kochten zu Tausenden die weißen Kokons, in denen die Puppen starben. Wie auf Befehl lächelnde ältere Frauen fischten darin herum und zurrten an Fäden. „Odín kilómetr!", rief Murkilmedov begeistert und zeigte, dass er die Länge des Fadens meinte. Dann redete er wohl davon, dass man nur zweihundert abrollen müsste, um

---

13 Mike Hammer in 'Kiss Me Deadly'

mit dem Faden von hier nach Taschkent zu kommen, erzählte irgendwas von zweitausend Kokons und 'Sie ziehen hier, wecken Freundin in Germanija' und lachte. Dann zeigte er Jan einen aufgebrochenen Kokon mit der gesottenen braunen Puppe darin. Kein schöner Anblick und überhaupt stank alles in dieser Tötungsfabrik eigenartig, übelerregend wie mit Eiweiß bepinselte Hefeteilchen und nach Leim, der irgendwie wie Spucke roch. Verfluchtes Usbekistan mit seinen weißen Bällchen, dachte Jan. Die Baumwolle zerstörerisch, die Kokons mit Puppenleichen gefüllt und die schmutzhandgerollten Joghurtbällchen, die am Straßenrand verkauft wurden.

Die weiteren Produktionsschritte fand er völlig uninteressant: Da drehten sich Spindeln, blubberten Bottiche voll giftiger Farbe und rumpelten Webstühle, an denen die beknackt gemusterten Stoffe entstanden. Allerdings lächelten ihm ein paar hübsche Arbeiterinnen zu.

Endlich war dieser Teil des Besuchs überstanden und Murkilmedov geleitete ihn in sein im alten Sovjet-Stil gehaltenes Büro. Alles war mit hellbraunen Täfelungen und wahrscheinlich völlig unnützen Panelen verkleidet und auf einem Extratisch stand eine Reihe altmodischer Telefone, die niemals klingelten. Einem verglasten Sperrholzschrank wurde eine Flasche Wodka entnommen, Kristallgläser fanden sich in einer Schublade und die Sekretärin wurde nach Zitronen als Zubiss geschickt. Murkilmedov bleckte die mit Blech beschlagenen Zähne, in denen sich Jans dunkler Umriss spiegelte und sprach einen Toast aus auf die Freundschaft mit Deutschland. Er kippte den Wodka, biss in eine Zitrone und sah Jan an. Während dieser das Land, das fruchtbare Tal und den Betrieb lobte, wurde die nächste Dosis eingeschenkt. Sie tranken. In seiner nächsten Lobrede auf den schnellen Fortschritt im Land erwähnte Jan den Namen Sodiqov als Motor im Zusammenhang mit der ökonomischen Kraft der

Region, der ja insbesondere von Deutschland gefördert werde, und beobachtete Murkilmedovs Reaktion. Der verbarg ein kurzes Nachdenken mit neuerlichem Einschenken und wollte mit einem Trinkspruch auf die Schönheit der Frauen vom Thema ablenken. Jan zeigte ihm mit einer allgemeinen Frage nach den Fördergeldern, die ja auch seine Fabrik zwecks Stabilisierung der Region erhalten habe, dass er nicht nur plänkeln wollte. Sofort wurde sein Gegenüber unsicher, schaute auf seine großen Hände und suchte nach Wörtern. Otlitschno, war alles, was ihm einfiel, alles laufe ausgezeichnet. Jan hakte nach, indem er nach der konkreten Verwendung hier in der Fabrik fragte. Murkilmedov musste erst einmal nachdenken, was sicher kein gutes Licht auf ihn warf, schien ein paar Fliegen zu beobachten, die unter einer Deckenlampe ihre Zickzack-Manöver ausführten, und kam schließlich auf „Reparaturen". Jetzt machte es Jan Spaß, ihn ein wenig zu quälen, indem er fragte, was genau repariert worden sei. „Dies und jenes", antwortete Murkilmedov.

„Zum Beispiel?"

„An den Webstühlen."

„Wann bekommen wir die Abrechnungen?" Jan wusste genau, dass er mit seinem forschen Auftreten, damit, dass er sein Gegenüber derart unter Druck setzte, gegen die Regeln verstieß. Die Frage der Wirtschaftsprüfung fiel außerdem gar nicht in sein Ressort, aber er liebte es zu bluffen, mit einem Gegner zu spielen, bis dieser Fehler machte, aus denen er Vorteile ziehen konnte. Wie Jan es vorhergesehen hatte, war Murkilmedov völlig verunsichert, moppte sich den Schweiß mit einem Taschentuch aus dem Gesicht und war sehr erleichtert, als Jan von diesem Thema abließ. Unvermittelt sprach er aber wieder von Sodiqov und drängte auf ein sofortiges Treffen. Jetzt wo er gerade hier sei und noch ein wenig Zeit habe, wäre es doch naheliegend, „gospodin" Sodiqov, der ja dem Vorstand dieser Fabrik angehöre, kurz persönlich kennenzulernen. Zwar wisse er, dass dieser sicher sehr beschäftigt sei, aber manchmal gäbe es ja auch unerwartete Lücken. Ob er ihn nicht schnell einmal anrufen wolle. Überrumpelt griff Murkilmedov zu einem der Telefone, musste dann jedoch feststellen, dass es gar nicht angeschlossen war, griff nach einem anderen, wählte, wartete, zuckte unbeholfen die Achseln und zeigte erleichtert die Blechernen. Ob sie nicht schnell zusammen hinfahren könnten, schlug Jan überraschend vor. Murkilmedov wand sich, ihm fiel aber nichts ein, um diesen Wunsch des Gastes ablehnen zu können. Er müsse aber seinen Wagen nehmen, führte er etwas lahm an, vielleicht um kurz allein zu sein. Jan nahm ihm auch diese Hoffnung, indem er darauf bestand, mit in Murkilmedovs Wagen zu fahren, damit sie ihre Unterhaltung fortsetzen könnten. Sein Fahrer werde ihnen folgen.

Also setzte Jan sich hinten in den schwarzen Wolga, so als sei Murkilmedov sein Fahrer, sank in den weichen Ledersitz, auf dem sicher schon so mancher Apparatschik gesessen und das nackte Bein einer Prostituierten gestreichelt hatte. Sie fuhren die wenigen Kilometer nach Andijon. Jan versuchte, Murkilmedov abzulenken, so dass dieser keine Gegenpläne zu seinem Plan entwickeln konnte. So fragte er nach General Motors Uzbekistan, der großen Nexia-Fabrik im Süden der Stadt, aber Murkilmedov wusste nichts zu berichten, auch über eine Chemiefabrik, an der sie vorbeifuhren, konnte er keine Auskunft geben. Oder wollte er nur nicht, dieser Mann, der schräg vor ihm saß und dem Schweiß in den grobporigen Nacken lief?

Vor einem großen ummauerten Gelände hielten sie an einem Schlagbaum. Murkilmedov sprach mit dem Pförtner und die Schranke hob sich. Sie fuhren zum Administrationsgebäude und ein Sekretär, der sich als Herr Rashidov vorstellte, ein elegant gekleideter, noch junger, etwas nervöser Mann, führte sie in einen Empfangsraum. Das übliche Geplänkel mit formelhaften Fragen nach der Familie, der Gesundheit und dem Land wurde absolviert, zudem wurde Tee mit Gebäck serviert. Während sie Tee tranken, entschuldigte sich der unruhige Sekretär mehrfach, um zwei Zimmer weiter Fragen am Telefon zu klären. Jan fragte nach den Produkten, die hier hergestellt wurden und bekam Informationen, die er natürlich alle schon kannte. Bei Metprom handele es sich um einen Metall verarbeitenden Betrieb mittlerer Größe, der vor allem Schutzvorrichtungen entwickle und produziere für Gebäude- und Fahrzeugfenster, die in der Nähe der afghanischen Grenze durch Beschuss gefährdet seien. Jans Anliegen, Herrn Sodiqov zu einem kurzen Gespräch zu treffen, führte zu einem weiteren Telefonat, von dem der Sekretär mit einem entschuldigenden Lächeln zurückkehrte. Herr Sodiqov sei nicht im Hause, sondern bei einer Besprechung außerhalb. Jan, der eine solche Auskunft erwartet hatte, bat um einen Termin, woraufhin der Sekretär, was Jan ebenfalls vorhergesehen hatte, um ein wenig Zeit zur Klärung bat. Jan nickte verständnisvoll, fragte dann aber den schon fast wieder aus dem Raum Entschwundenen, ob er die Zeit zu einem kleinen Rundgang nutzen könne und erhob sich gleichzeitig voller Tatendrang. Das brachte den Sekretär in größte Bedrängnis. Vielmals um Entschuldigung bittend, verwies er darauf, dass sie im Moment auf eine Besichtigung nicht vorbereitet seien. Das mache nichts, entgegnete Jan, es reiche ihm auch, sich auf dem Gelände nur kurz die Beine zu vertreten, während der Sekretär den Termin mache. Noch während er das sagte und das bestürzte Gesicht des Sekretärs sah, ging er schon zur Tür, nickte noch einmal in die kleine Runde und trat in die flimmernde Hitze hinaus. Ganz entspannt tuend, machte er ein paar Schritte über den Hof und bog um die nächste Ecke - sich gleichzeitig vorstellend, wie ihn Mitarbeiter im Büro nervös über Kameras beobachteten. Schnell trippelte eine junge Mitarbeiterin hinter ihm her, vom Sekretär gesandt, um ihn zu führen, wie sie sagte. Sie richtete aus, der Sekretär würde sich telefonisch bei ihm melden. Jan liebte dieses Spiel: Er schaute der hübschen Usbekin freundlich lächelnd ins Gesicht, nahm jedoch auch Gebäudegruppierungen, mit Metallteilen beladene Paletten und ungewöhnlich teure Vehikel wahr. Kurz darauf ging er in die Hocke, gab vor, seinen Schuh zu binden und schaute sich genauer um. Der Betrieb schien sehr groß, viel größer als angegeben, denn in der Ferne erhoben sich mehrere große Hallen, aus denen Produktionslärm schallte. Er sah Mitarbeiter, die durch eine Kontrollschleuse geschickt wurden. Sicher zur Durchsuchung. Die Firma hatte sogar ein eigenes Kraftwerk, das bei der Energieerzeugung aus einigen hohen Schornsteinen schwarzen Rauch ausstieß. Dahinter stieg bleigrauer Dampf in bauchigen Wolken auf. Überall standen hohe Leuchten, zwischen denen in großer Höhe schwere Kabelstränge festgemacht waren, die alle Gebäude miteinander verbanden. Es roch metallisch und, wenn er sich nicht irrte, nach Säure. Als er den Weg zwischen zwei Gebäuden fortsetzen wollte, tauchte plötzlich ein Mitarbeiter in Uniform auf, der vor ihm die Flügel eines Tores schloss, so dass der Durchgang versperrt war. Jan fragte den Mann, ob er passieren könne, doch dieser sagte daraufhin nur etwas auf Usbekisch und zuckte nicht einmal unfreundlich mit den Achseln. Dann verschwand er in einem Gebäude.

Als Jan wieder vor dem Büro des Sekretärs stand, war es verschlossen. Weder der Sekretär noch Murkilmedov waren zu sehen. Der Wolga des Letzteren stand nicht mehr vor dem Empfangsgebäude. Beide waren, sicher auf Anordnung von oben, vom Ort des Geschehens abgezogen worden, um nichts zu riskieren. Jan, dem nun nichts anderes übrig blieb, als das Gelände zu verlassen, war zufrieden. Sodiqov hatte gesehen, mit wem er es zu tun hatte, und war vielleicht neugierig geworden, hatte Lust auf ein Sparring. Wer nicht fragte, bekam auch keine Antwort. Langsam ging er zu Jurij zurück, der den Wagen offensichtlich hatte hinausfahren müssen. Plötzlich lief ihm wieder die Mitarbeiterin mit den Stöckelschuhen hinterher und bat um Mitnahme in die Stadt. Wahrscheinlich der Versuch, ihn auszuhorchen. Das ging ja auch andersherum, dachte er und ließ sie neben sich einsteigen.

Noch in ihre Dankesformeln hinein fragte Jan, wohin sie gebracht werden wolle. Die Replik in Form der Frage, was denn ihr Ziel sei, war zu erwarten gewesen. Jan antwortete einfach nicht, so als sei er in Gedanken, und merkte, dass sie nervös wurde. Unruhig verlagerte sie ihr Gewicht und fummelte an den lackierten Fingernägeln herum. Als sie es kaum noch aushielt, fragte Jan in beiläufigem Ton, wo es denn hier eine gute Teestube gebe. Erleichtert stieß sie Luft durch ihre kleine Nase, die Flügel blähten sich, ihr Körper entspannte sich und sie sagte, eine Tschaixona sei gleich in der Nähe.

Dilschoda, so hieß die Mitgenommene, stellte weitere Fragen nach der Arbeit. Dass sie keine Antwort erhielt, schien sie nicht zu stören, zumindest ließ sie sich nichts anmerken. Jetzt schnalzte sie mit der Zunge: Sie hatten ihr Ziel erreicht.

Sie zogen die Schuhe aus und setzten sich auf ein Teetrinkbett am Straßenrand. Dilschoda nahm am Rand des Gestells Platz, mit züchtig angewinkelten Beinen, gewissermaßen im Damensitz. Sie tranken den üblichen Grüntee, und weil Dilschoda bemerkt hatte, dass sie mit ihren Fragen nichts erreichte, wechselte sie die Taktik, zeigte auf die blaue Kanne mit dem Baumwollmuster und sagte – überraschenderweise auf Deutsch - „In Babur Park gibt große Kanne, 3 Meter hoch – mit groß Tasse." Sicher erwartete sie, dass Jan nun fragte, warum sie Deutsch sprechen könne, aber er wollte ihr diesen Gefallen nicht tun und fragte, ob denn Tee drin sei. Sie nahm die Frage ernst und verneinte in einem Ton, der zeigte, wie dumm sie diese Frage fand. Herr Sodiqov trinke sicher gerade auch Tee, mutmaßte Jan. Die Usbekin blieb stumm - wie eine Automate, die darauf programmiert war, bei bestimmten Schlüsselwörtern zu blockieren. „Vielleicht aus einer 3 Meter Tasse", ärgerte Jan sie weiter. Sie aber dachte wahrscheinlich nur, sie habe sich verhört. Dann fragte er beiläufig, was sie denn noch in der Fabrik produzierten, er habe Elektronikschrott in einem Container gesehen. Sofort schaltete ihr System auf 'Aus', es war, als habe er eine Stopp-Taste gedrückt. Sie verabschiedete sich, seine Zermürbungstaktik hatte ihr sichtlich zugesetzt. Lächelnd sah er der Davonstolpernden nach.

Die Rückfahrt nach Taschkent verlief ereignislos. Jurij setzte ihn vor dem dunklen Hauseingang ab und wartete, bis er hineingegangen war.

95

14

Großer Bär, komm herab, zottige Nacht,
Wolkenpelztier mit den alten Augen,[14]

Die Biertrinker wickelten einen Trockenfisch aus
Zeitungspapier aus und fingen gerade an zu pulen, als Dina
angejoggt kam. Sie hatte ein paar Federballschläger unter den
Arm geklemmt. Wie jedesmal wenn Kien sie sah, war er von
ihrer Lebendigkeit und Schönheit getroffen, es war, als sei er
in einem romantischen Film und habe die Rolle eines völlig
unwichtigen Nebendarstellers. Dinas schwarze Haare
schwangen, ihre Wimpern wippten, ihre dunklen Augen und
weißen Zähne blitzten, als sie Jakob die Hand gab und mit ihm
ein paar Worte auf Deutsch wechseln wollte. Kien tat sein
Sohn leid, dessen linkische Verkrampftheit einen absoluten
Höhepunkt erreichte. Er meinte, Jakobs feuchte Hand, die
verknoteten Stimmbänder und verdrehten Beine zu spüren.
Dann begannen sie zum Glück gleich zu spielen. Sie stand
entspannt in ihrem weißen Trainingsanzug in der Mitte ihrer
Hälfte, während Jakob von einer Ecke seines Rechtecks in die
andere rannte. Dina gab gern an. Ein paar Russinnen auf dem
anderen Feld riefen Ratschläge herüber und Dina erklärte dem
nach Luft schnappenden Jakob etwas. Nun wurde das Spiel
besser, Jakob nutzte seine langen Arme und spielte sogar ein
paar Stoppbälle, die Dina nicht erreichen konnte, wofür sie
sich sofort rächte.

Kien legte den Kopf in den Nacken, schaute in den
blauen Himmel und dachte an den herabhängenden Kopf des
Terminators, den durchtrennten Hals, aus dem Kabel hingen
und Metallstreben ragten. Er hätte gern die Augen
geschlossen, kam sich aber zu ungeschützt vor. Als er sich

---

14 Ingeborg Bachmann: Anrufung des Großen Bären

wieder aufrichtete, sah er Xenia auf sich zukommen und spürte, dass sein Herz vor Freude schneller schlug. Er hatte sie nicht oft bei Tageslicht gesehen und war überrascht von ihrem Schwung, dem Lächeln und ihren roten Haaren. Er gab ihr einen Kuss auf die Wange und merkte, dass er sie am liebsten umarmt und nicht mehr losgelassen hätte. Waren das Entzugserscheinungen? Er fühlte sich so stark zu ihr hingezogen, sehnte sich so nach Berührung, war so unvollständig ohne sie. Das konnte eigentlich nur der Alkoholmangel in seinem Blut sein, der ihn so bedürftig machte.

Neben ihm sitzend meinte Xenia nach einer Weile, dass es im Moment nicht einfach mit Dina sei, sie habe sich von ihr entfernt, treffe Leute, die sie nicht kenne. „Gestritten haben wir uns immer viel, aber jetzt weicht sie mir aus, das ist ein schlechtes Zeichen."

Kien sah nur ihren Mund, ihre Lippen und wollte sie küssen.

„Was ist los mit dir? Willst du ein Bier trinken?"

„Nein."

Sie legte ihm ihre Hand mit den bordeauxrot lackierten Fingernägeln auf die stoppelige Wange, streichelte ihn und sah ihm in die Augen. Er küsste ihre Hand. Sie sah ihn erstaunt an. Dann lächelte sie und ließ sich neben ihn zurück an die kaputte Banklehne sinken, Schulter an Schulter. Er hielt es nicht aus und legte einen Arm um sie, seine Hand berührte ihre zarte schmale Schulter.„Ich möchte dich küssen."

„Du weißt, dass das hier nicht erlaubt ist."

„Das ist egal."

„Gut. Einen Kuss", flüsterte sie.

Er beugte sich zu ihr, sah, wie sich ihre Wimpern über ihre grünen Augen senkten, als ihre Münder sich näherten, spürte ihre weichen Lippen, sie öffnete ihren Mund ein wenig, er fühlte ihre Zähne. Sie stupste ihn ein bisschen und sie setzten sich wieder ordentlich hin. Sahen sich um. Niemand schien sie beobachtet zu haben. Kien kam es vor, als sei er so jung wie ihre Kinder, die da vor ihnen Badminton spielten. Zum ersten Mal seit langem spürte er seinen ganzen Körper wieder, auch sein Gesicht, das lächelte.

„Schau mal, dein Jakob fängt an, Dina zu ärgern."

Und tatsächlich: So hatte Kien seinen Sohn noch nicht gesehen. Er bewegte sich jetzt schnell, sprang, schmetterte und, was Kien am meisten erstaunte, er sah glücklich aus. Dina dagegen wirkte etwas verbissen. .

„Komm, der andere Platz ist frei. Wir leihen uns Schläger und spielen auch ein bisschen."

Kien zog Xenia mit sich fort, lieh sich von den alten Russinnen die Schläger, und sie fingen an zu spielen. Es machte einfach Spaß, den Federball in die Luft zu schlagen, ihn weit hinauf in den Himmel steigen und ihn lang fallen zu sehen, ihm hinterherzulaufen, und es machte Spaß, Xenia dabei zuzuschauen, wie sie dasgleiche machte, wie sie lief, wie sie hüpfte. Ihr Spiel und auch ihr Herumalbern entspannte die zwei auf dem Feld neben ihnen. Dina lachte plötzlich wieder.

Sie spielten noch etwa eine halbe Stunde. Schweißgebadet tranken sie danach zwei Flaschen Samarkander Mineralwasser leer, wuschen ihre erhitzten Gesichter bei den 'Walrössern', bespritzten sich mit Wasser. Kien und Jakob hielten ihre heißen Köpfe sogar ganz unter den eiskalt sprotzelnden Wasserhahn. So gut hatten sich beide lange nicht gefühlt. Kien sah aus dem Augenwinkel, wie Jakob Dina ansah, und es war Kien, der selbst verliebt war, klar, dass sein Sohn dabei war sich zu verlieben. Aber was bei ihm wunderbar leicht war, denn Xenia schien ähnlich zu fühlen, war für Jakob tief verwirrend, denn Dina war sicher nicht in ihn verliebt, - in diesen unsicheren Stoffel. Immerhin nahm sie Jakob wohl anders wahr als zu Anfang, er war ihr nahegekommen, so nah, dass Kien Facetten von Dinas Wesen gesehen hatte, die ihm neu waren: den Ehrgeiz zu gewinnen, die Angst zu verlieren.

„Ko'k choy?" Xenia schaute in die Runde. „Green tea", übersetzte sie für Jakob. "Somewhere in the shade ..."

„Plombir", sagte Dina schwärmerisch, sah Jakobs fragenden Blick und erklärte: „Vanilleeis, das beste."

Die beiden gingen voraus und unterhielten sich. Kien, der sich zurückhalten musste, um Xenia nicht zu umarmen, hörte hin und wieder ein paar Wörter. Es schien, als versuche Jakob es mit Fragen zu Computerspielen. Dina schüttelte den Kopf und stieß ein „Brrr!" aus, zeigte aber gleichzeitig ein Lächeln. Kien hörte, wie Dina Jakob nach seinen Eindrücken fragte. Sein Sohn erzählte etwas von den Melonenbergen. „Schön", meinte Dina. „aber was sich hier vor allem stapelt sind Milizionäre. Was sagst du zu diesem Polizeistaat?"

Xenia wandte sich Kien zu. „Sie ist unvorsichtig."

Kien nickte, während er sah, wie Jakob Dina in die Augen schaute und dann „Eine Schweinerei" sagte. Er war überrascht, dass sein Sohn gar nicht erst versuchte diplomatisch zu sein. Dina offenbar auch.

„Warum redet sie jetzt immer von solchen Themen?", zischte Xenia Kien zu.

Kien zuckte mit den Achseln. Jetzt fragte Dina nach dem Oktoberfest und Jakob erzählte von Scheußlichkeiten wie dem Schwitzwasser, das die Wände der Zelte hinunterrann, an die währenddessen von außen gekotzt wurde. Dina aber schien unbeindruckt. Sie fragte nach dem Terroranschlag von 1980, doch Jakob wusste nichts darüber.

Kien wunderte sich einmal mehr über die Jugend, dann aber legte er einen Arm um Xenias Hüfte und war glücklich, dass sie es sogar zuließ, dass seine Hand zum Ansatz einer ihrer auf und ab wippenden Pobacken rutschte. Ja, so fühlte es sich an, verliebt zu sein!

Die Choyxona lag direkt an einer vielbefahrenen Straße. Eine

Tram ratterte dröhnend vorbei, bei einem Trolleybus flutschte das 'Geweih' auf dem Dach vom Stromkabel, gegen das es drückte. Der Fahrer stieg aus, zog den Stromabnehmer an zwei Schnüren nach unten, so dass er wieder Kontakt hatte, und fuhr weiter. Sie tranken Tee, und Rauch stieg von den dem Schaschlikspieß auf, den Xenia für sich grillen ließ. Kien und sie versuchten, sich nicht zu auffällig anzulächeln und beobachteten die Passanten. Die älteren Männer und Frauen, die sich ein Taschentuch vor den Mund pressten, taten ihnen leid, denn sie hatten sich Goldkronen herausstemmen lassen und verkauft. Überall hingen Schilder mit dem Angebot, Gold zu kaufen. Kien mochte dieses Element nicht, weil es ihn an die Nazis erinnerte, die den von ihnen ermordeten Juden systematisch die Goldzähne herausgebrochen hatten. Dem zusammengeschmolzenen Metall haftete soviel Leid an, aber eben nicht auf chemischer Ebene, da gab es keine Blutspuren, scheinheiliges glänzendes Zeug ...

Als ihr Schaschlik gebracht wurde, nahm Xenia das Essigfläschchen, das auf dem Tischchen in der Mitte des Taptschans stand, auf dem sie alle sich in Socken niedergelassen hatten. In der Flasche lagen Knoblauchzehen und rote Pepperonischoten. Sie schüttete den Essig über die feingeschnittenen Zwiebeln und begann genussvoll zu essen, wiegte den Kopf hin und her, „Küsse-ja, Küsse-nein ..." Sie zog ein Stück Lammfleisch mit den Zähnen vom Spieß und schaufelte Zwiebeln hinterher. „Küsse - heute nein", lächelte sie Kien entschuldigend an.

„Mama!", stieß Dina hervor und verdrehte die Augen vor Peinlichkeit.

„Wie sich manche mit Knoblauch gegen Vampire schützen", verteidigte sich Xenia, „so halte ich mir mit Zwiebeln die Welt vom Leib. Diese schlechte Welt der mächtigen alten Männer, die aus Angst vor dem Tod immer schlechter werden ..."

„Ach, Mamutschka, spielst du schon wieder das Lied vom Tod?"

„Aber es ist doch so, Dinutschka."

„Sagte sie traurig, gegrilltes Lammfleisch verschlingend ..."

„Und welche Rolle spielen die Frauen?", fragte Kien.

Xenia lächelte ihn an. „Sie werden ausgenutzt und gebrochen. Die mächtigen dieser Frauen nutzen dann selbst aus, brechen andere und sind Komplizinnen."

„Was denkst du?" fragte Dina Jakob.

„Ich denke, dass die Plattenbauten hier so hässlich sind, dass sie schon wieder schön sind." Jakob sah sie provozierend an. „Und dass eure Straßenbahn, dieses rumpelnde Ding ohne alles, viel mehr Straßenbahn ist als unsere supermoderne."

„Versteh ich nicht."

„Egal", sagte Jakob.

„Sag mir nicht, was egal ist! Das entscheide ich selber", brauste Dina auf. „Was hältst du denn von George W. Bush?"

„Nichts", antwortete Jakob.

„Warum arbeitet ihr dann mit ihm zusammen?"

„Frag meinen Vater. Der ist in der Branche."

Dina schwieg, aber Xenia sagte: „Nu sto, Kien?"

„Wir müssen irgendwie im Spiel bleiben."

„Ist das ein Spiel?"

„In gewisser Weise ja, denn ..."

„Ein Spiel?", unterbrach Xenia ihn. „Die Amerikaner erfinden Lügen, verhaften Unschuldige und foltern sie!"

„Was meinst du, was Karimov macht?"

Xenia schaute auf den Teller und flüsterte: „Der ist noch schlimmer."

„Mama, chwatit!", zischte Dina.

„Ausgerechnet du sagst mir das? Du trägst doch das Herz auf der Zunge, wenn du die Touristen durch die Stadt führst, du riskierst doch dauernd deinen Kopf!"

Alle schwiegen.

„Und was ist mit Rambo?", fragte Jakob plötzlich.

Kien erkannte, dass sein Sohn versuchte, die Harmonie wiederherzustellen. Er ging auf die Idee ein, um ihm zu helfen: „Ach, du meinst den Film, der in Afghanistan spielt, in dem Rambo Schafe nach Kampfhubschraubern schmeißt und gewinnt?"

„Stimmt so nicht ganz", meinte Jakob.

Aber der Quatsch wirkte: Mutter und Tochter ließen das Thema fallen. Allerdings kam auch keine wirkliche Unterhaltung mehr in Gang und beide verabschiedeten sich bald.

Kien bemerkte, dass sein Sohn Dina hinterherschaute, bis die Tram um die Ecke gefahren war.

Auf dem Weg nach Hause beobachteten sie Mauersegler. Jauchzend durchschnitten sie den Luftraum zwischen hohen Häusern, brandeten in Schwärmen wie Wellen auf die Wände zu, wichen im letzten Moment aus und sammelten sich in größerer Höhe.

„Wusstest du, dass Mauersegler im Fliegen schlafen?"

Jakob reagierte nicht.

„Sie fliegen bei Einbruch der Nacht hoch in den Himmel und lassen sich dann gleiten. Dabei schlafen sie."

„Muss schön sein."

15

Put your head on my shoulder
Hold me in your arms, baby[15]

Jan hatte Dina gebeten, ihm Samarkand zu zeigen, und zu seiner Überraschung hatte sie zugesagt. Sie hatte für ihn ein Zimmer im Hotel gebucht und ihn überredet, früh am Samstagmorgen mit einer Marschrutka zu fahren. Sie hatten sich am Abfahrtspunkt getroffen, zwei Plätze gebucht und in Rauchschwaden gehüllt und bei plärrender Musik gewartet, bis alle anderen Plätze in ihrem Bus vergeben waren. Als es soweit war, hatte der Fahrer das Amulett am Innenspiegel, ein Filzdreieck, kurz geküsst und war gestartet. Bündel von Geldscheinen wurden durch die Reihen nach vorne gereicht. Jan saß am Fenster, vor ihm ragte eine Sitzriesin auf, die ihm die Sicht nahm. Später sah er, dass sie sehr klein war, aber auf einer dieser karierten Plastiktaschen saß. Im Wagen roch es nach fettigen Klamotten, Schweiß und verschüttetem Benzin. Zusätzlich pustete ihm jemand Faule-Zahn-Luft in den Nacken und Jan verfluchte Dina für ihr „Reisen wie 'meine Leut'. Eventuell hätte er einen Botschaftswagen bekommen können. Der Versuch, seine Beine auszustrecken, schlug fehl, weil alle Lücken mit Kram vollgestopft waren, - wahrscheinlich Heizdecken, dachte er schwitzend. „Ich wünschte, ich wär amputiert", raunte er Dina als Witz zu, sah aber ihr erschrockenes Gesicht und wusste, dass er einen schlechten Witz gemacht hatte, der sich, weil er ihn gemacht hatte, vielleicht eines Tages erfüllen würde.

Zuerst fuhren sie durch Plattenbausiedlungen, dann dünnte die Stadt aus und um sie herum begann eine Art Wüsten. Ein paar struppige Sträucher standen am Straßenrand. Ihm wurde

---

15   Paul Anka: Put Your Head On My Shoulder

langweilig und, um sich zu unterhalten und Dina etwas in Verlegenheit zu bringen, erzählte er ihr von dem aufgeflogenen erotischen Seitengeschäft, das Kleinbus-Fahrer in Georgien aufgezogen hatten. Sie ließen eine Frau, die vorgab, einen dringenden Termin zu haben, ausnahmsweise in den schon vollbesetzten Kleinbus einsteigen. Ein Passagier bot sich an, sie auf seinem Schoß sitzen zu lassen. Natürlich hatte er vorher dafür bezahlt. Die holprigen Straßen, die Federung, das Auf und Ab …

Jan sah, dass Dina rot wurde, und schämte sich, die Geschichte erzählt zu haben. Er hielt ihrem bösen Blick nicht stand und schaute hinaus: Sie näherten sich einem Kontrollposten. Das musste der kleine Kasachstan-Zipfel sein, den man auf dem Weg nach Samarkand durchquerte. Doch warum fuhren sie durch eine große Pfützen-Kuhle?

„Gegen die Maul- und Klauenseuche", sagte Dina, und Jan meinte, einen Zug um ihre Mundwinkel zu sehen, der besagte, dass man ihn gleich dort eintauchen und die schlechten Keime abtöten sollte. Vielleicht war er wirklich unsympathisch und brachte den Frauen nur Unglück? Ach was! Wann kam dieser Schrottbus endlich in Samarkand an?

Nach vier Stunden tat ihm das Steißbein, sein äffischer Schwanzstummel, so weh, dass er den verschwitzten Hintern ständig hin und herschieben musste, um es überhaupt auszuhalten. Es gab allseits viel Herumgerutsche. Ein Russe fluchte laut, wurde aber von der alten Sitzriesin so zusammengestaucht, dass er sich kleinlaut ein schmuddeliges Taschentuch übers Gesicht legte und so tat, als ob er schliefe.

Schließlich fädelte sich der Bus in den Verkehr der Innenstadt ein. Gegenüber des zentralen Hotels hielten sie vor einer Teestube, auf deren Veranda Geier in Käfigen saßen. Dort stiegen sie aus und der Geruch nach verwestem Fleisch wehte sie an. Jan dachte, Dina würde ihn begleiten, um ihm behilflich zu sein, sie aber sagte nur, sie hole ihn in einer halben Stunde am Eingang ab und ließ ihn stehen. Die moderne Lounge war leer. Ein hinkender Page brachte ihn zu seinem Zimmer, das wie jedes andere Hotelzimmer aussah. Insgeheim hatte er gehofft, hier mit Dina flirten zu können und war enttäuscht, wie abweisend sie gewesen war. Durch das Fenster war eine große Moschee zu sehen, sie schien allerdings kaputt zu sein. Er nahm sich vor, Dina danach zu fragen, - es konnte nicht schaden, Interesse zu zeigen.

Als er auf die Glastüren zuschritt, sah er Dina draußen im Schatten einer Jurte stehen. Er hatte sie ein wenig warten lassen, weil er sie ärgern wollte, und unterbrach gleich ihren ersten Satz.

„Was ist denn das für eine Jurte?"

„Ach, da werden nur Souvenirs verkauft."

„Das würde ich mir gern mal ansehen", sagte Jan und betrat den mit Häuten behangenen Rundbau. Er registrierte, dass Dina ihm nur widerstrebend folgte. Drinnen im schummrigen Licht und Schaf-Mief von Teppichen saß eine junge Frau an einem Verkaufstisch mit Filzwaren, hatte ihren Kopf auf einer Handfläche aufgestützt und schien zu schlafen. Doch nein, jetzt kaute sie Kaugummi, öffnete die Augen und musterte die Besucher träge.

„Sucht ihr was Bestimmtes?", fragte sie schließlich auf Russisch.

„Was gibt's denn?", fragte Jan.

„Siehst du doch. Das Übliche." Sie sah ihn herausfordernd an. Ihre Wangen hatten Aknenarben.

„Was sind denn das für Bilder?"

„Sind von 'nem Maler. Der hat mir den Job hier beschafft. - Aber ich bin bald weg." Sie räkelte sich, so dass ihr Busen in Szene gesetzt wurde. „Ich geh nach Dubai. Das ist was anderes. War letztens da. Im Dubai da hat alles Klasse. Und die sind reich die Dubaianer. Wasser haben sie wenig, da müssen sie eben in Geld schwimmen." Sie lachte.

Jan schaute sich ein paar Trinkschalen an. Dina stand demonstrativ wartend am Ausgang, sagte aber nichts. Während er weiter so tat, als interessiere er sich für den Nippes, musste er an die Doris-Day-Filme denken, die er früher mal gesehen hatte. Die hätte aufgestampft, geschnaubt, sich umgedreht und wäre weggestiefelt. Dina aber schien ihm viel gefährlicher, vielleicht hielt sie plötzlich eines dieser scharfen usbekischen Messer in der Hand, die er sich gerade anschaute.

Als er schließlich die Verkaufs-Jurte verließ, sagte sie nur kühl „Ich dachte, wir gehen zuerst zum Registan." Er sah, dass sie wütend war: Ihre Augen blitzten und ihre Nasenflügel hoben sich.

Schweigend trabten sie die große Straße entlang. Als sie bald darauf auf dem Platz zwischen den drei alten Bauten standen, begrub Dina scheinbar das Kriegsbeil, denn sie fragte, welche der Medresen ihm am besten gefalle.

„Die mit dem Tiger, der auch auf dem Geldschein ist."

„Die Tiger tragen die Sonne in sich und jagen weiße Antilopen."

„Das Gesicht in der Ecke sieht ja aus wie 'ne Comic-Zeichnung."

„Ein bisschen. Persisch beeinflusst ..."

Er schaute sie an, hörte ihr zu, konnte sich aber nicht auf das, was sie sagte, konzentrieren. Dina war – zumindest für ihn - ungeeignet als Guide, sie war einfach zu schön. Nun sprach sie über die türkisblauen Wände im Innenhof, die Koranschüler ... Sie gingen wieder auf den fast leeren Platz hinaus. „Hier kamen die Karawanen an ... Ich finde, die von Ulugbek hat das schönste Blau", sagte sie jetzt und lächelte ihn an. Sofort verzieh er ihr die etwas lehrerhafte Kälte vorher. Doch dann ging es um langweilige Restaurierungsarbeiten und, von Gert Schnauber inspiriert, sagte er, er habe Hunger.

„Kaufen wir unterwegs", sagte sie kurzangebunden.

Während er kurz darauf eine fettige Pirogge aß, erzählte sie ihm einen typischen Witz dazu. „Man sagt, das Einpackpapier ist schon der Einlieferungsschein fürs Krankenhaus." Sie lachte und ihm wurde sofort etwas übel. Die angebissene Teigtasche warf er weg.

Die nächste Sehenswürdigkeit war die unvollendete Moschee, die er von seinem 'Aphrodisiakum-Hotel' gesehen hatte, - ein Scherz, den er sich zum Glück verkniffen hatte, wie auch Scherze über die phallischen Kuppeln überall. Während er in die Höhe starrte, begann die Pirogge in seinem Bauch zu rumoren.

Als Nächstes gings zu irgendwelchen Mausoleen. Weiterhin hörte er nur mit halbem Ohr zu. Dieses strahlende Lächeln! - Wenn sie denn einmal lächelte, - aber er hatte bei ihr wohl verspielt, denn sie sah ihn eher grimmig an, dachte er, leise vor sich hinrülpsend. Die Anmut, mit der sie auf eine hohe Stufe sprang! Catwoman. Er sah im Grunde nur sie, - erst auf einem Friedhof nahm er etwas anderes wahr. Einen Grabstein, in den das Bild eines jungen Manns hineingeätzt worden war. Der Typ saß wie ein Jockey auf einer Motocross-Maschine. Da gab's auch russische Gräber mit Eisentischen, damit man dort beim Besuch der Toten nach russischer Tradition 'picknicken' konnte. Am liebsten hätte er sich einfach hingesetzt, aber nun war das Grab des Schlächters dran. 'All those murdered people', ging es ihm zur Beatles-Melodie durch den Kopf. Sie hätten nicht hierherkommen sollen, zur protzigen Gedenkstätte für einen Massenmörder, sagte er. Dina nickte und ging einfach weg. Er wunderte sich über die Seiten, die Dina auf dieser Reise zeigte. Sie schien sich verändert zu haben, hatte gar nicht mehr ihre unbeschwerte Ausstrahlung.

Auf dem leeren Hof des Komplexes holte er sie ein.

Kleine Jungs spielten hier Fußball, und es freute Jan, dass über den Knochen des Schlächters einfach der platte Ball hin- und hergekickt wurde und dass man die Kinder gewähren ließ.

Auf der Straße vor der Grabstätte saßen kleine Jungs in den Maulbeerbäumen, futterten vor sich hin und riefen ihnen freche Wörter zu. Dina schrie einen etwas größeren Jungen an. Der machte eine eindeutige Geste, und dann ging alles ganz schnell: Mit einem Tigersprung schnappte sie sich ihn und schüttelte ihn so, dass der Junge schließlich anfing zu weinen. Sie ließ ihn los und er lief humpelnd weg. Seine Genossen folgten ihm.

„Das tat gut", sagte sie außer Atem und schien endlich wieder mit sich selbst im Einklang zu sein. Sie schlug vor, in einen Biergarten zu gehen.

Über eine nach Abgasen stinkende Straße gelangten sie zu einem großen Park. Dort liefen sie durch eine künstliche Hügellandschaft bis zu einem heruntergewirtschafteten Vergnügungspark. Ein paar Biertische standen unter Girlanden mit bunten Glühbirnen. 'Praha', hieß das Ding, wohl ein tschechisches Joint-Venture.

„Ach, so ein Zufall", sagte Dina.

Dort saß Kien mit seinem Sohn. Und es war zu spät, um auszuweichen. Mit denen hier herumzusitzen, war sicher nicht das, was Jan sich vorgestellt hatte.

Aber natürlich setzten sie sich zu den beiden auf die Bierbank. Dina begann gleich ein Gespräch mit dem Stoffel, der sofort aufblühte. Jan wurmte das Interesse, das sie für diesen Computer-Nerd zeigte. Allerdings war das, was er sagte, ganz originell. Auch er hatte die Jungs in den Maulbeerbäumen gesehen und sich vorgestellt, wie sie sich als Raupen in den Bäumen sattaßen, verpuppten, als gigantische weiße Motten ausschlüpften und dann über die Stadt flogen: 'Mothman'.

Jan versuchte, ein Gespräch mit Kien in Gang zu bringen, doch der antwortete kaum und schien zufrieden damit zu sein, seinem Sohn zuzuhören. Es blieb nichts übrig, als Bier zu stemmen und Gulasch mit Knödeln zu essen. Er sah das Lächeln Dinas und ärgerte sich, dass er nicht an sie herankam.

Unvermittelt sagte Kien, dass ihr Blick ihn an Whitney Houston erinnere, als er sie zum ersten Mal bei einem Auftritt gesehen habe.

Hatte wohl schon vorher einige gezwitschert, der Mann. Jan hatte keine Lust sich ihm zuzuwenden. Er hatte nur Kiens knittrige Hand mit der qualmenden Zigarette im Blickfeld.

Dessen Sohn sprach jetzt von einem Computerspiel zum Sprachenlernen, bei dem man wie bei einem Shooter Lebensenergie verlieren konnte. Englisch-Lernen und Fälle-Lösen mit Sherlock Holmes, Japanisch mit einem Samurai, Deutsch mit einem Widerstandskämpfer gegen Hitler, Spanisch im Fight gegen einen kolumbianischen Drogenboss ...

Jan hielt diese tollen Ideen nicht mehr aus. „Warum nicht was, womit man mehr im wirklichen Leben anfangen kann, z.B. Flirten in der Disco?"

„Da hört man doch nichts", sagte der Nerd, als ob er darüber Bescheid wüsste. „Dann lieber der Kampf gegen Big Brother!"

„Hat schon gewonnen. Interessiert keinen mehr", meinte Jan abfällig und merkte im selben Moment, dass er zu negativ war. Schon traf ihn Dinas Blick wie der Energiestrahl einer Superheldin.

„I measured out my life in looney tunes", hörte Jan Kien jetzt vor sich hin brabbeln. War der jetzt völlig durchgedreht? Oder stockbesoffen? „Drunk in saloons ..." Kien lachte über seine eigenen Worte. Jan stöhnte innerlich auf. Der ganze Typ in seinem uncoolen Outfit, dieser abgeschabten, zu kleinen Wildlederjacke, Faltenface im Knitterlook, die Haare, die aus den Ohren wuchsen ... Jetzt sah er die zittrige Hand den Bierkrug heben, - der abgewinkelte Ellenbogen stieß ihn leicht gegen die Schulter -, dann hörte er deutliche, irgendwie mühsam klingende Schluckgeräusche und der Krug wurde langsam wieder neben ihm abgestellt, - nur noch Schaum war zurückgeblieben. Schon schob sich die Hand wieder in Jans Blickfeld – offenbar wollte Kien sofort wieder ein Bier bestellen. Jan konnte es nicht mehr mitansehen, aber wohin sollte er schauen? Zu Dina hin? Das wäre aufgefallen, obwohl seine Augen hinter der Piloten-Sonnenbrille verborgen waren, starrte er sowieso schon viel zu viel zu ihr hinüber. Hing an ihren Lippen wie ein lästiger Krümel, ein Krümelchen, kroschka twoja, weggeschnippt, kroschka moja ... Zum xten Mal schaute er auf seine Armbanduhr. 8 Uhr, bald konnte er sich verabschieden. Sicher würde Dina bei den spleenigen Kiens sitzen bleiben. Nein, er musste zeigen, dass er unabhängig war, das machte ihn interessanter.

Also zahlte er und verabschiedete sich. Als er aus dem Park hinaus zur Straße ging, sah er die ganze Szenerie wie in einem Film von oben und bemühte sich um ruhige Clint-Eastwood-Schritte. Vielleicht hatte Kien seinen Abgang kurz kommentiert, mit 'Exit Egoman' oder Ähnlichem, aber das war egal. Schlimm war, dass Dina ihn nicht beachtet hatte, dass es ihr nichts ausmachte, dass er weg war. Zum ersten Mal seit Teenager-Verliebtheiten fühlte Jan, dass er der Schwächere war.

Missmutig ging er zum Hotel, stellte sich in seinem muffigen Zimmer ans mückenumlagerte Fenster und sah auf die Stadt, die rot im Licht der untergehenden Sonne leuchtete. Kurz überlegte er, wie es mit 'Dubai-Girl' hier im Hotelzimmer wäre. Dann schaltete er den Fernseher an. Alt aussehende Männer umklammerten sich, usbekischer Ringkampf ...

Er sah die Vorzeichen und wusste, dass Anna ihn suchte

110

und finden würde, wenn er schliefe. Also versuchte er, wach zu bleiben, bis sich irgendetwas änderte, aber es würde sich nichts ändern und irgendwann würde der Schlaf kommen und er würde wehrlos sein.

Zermürbt von der Nacht verließ er am frühen Morgen das Hotel, ging an dem Teehaus mit dem Käfig vorbei, in dem die Geier mit ihren Schnäbeln tote Ratten zerhackten. Er fühlte sich nicht in der Verfassung, auf Dina zu treffen und beschloss, sofort zurück nach Taschkent zu fahren. Als er den Arm ausstreckte, hielt ein verbeulter Lada, aus dem orientalische Musik schepperte. Bevor der Fahrer losfuhr, öffnete er seine Tür und ließ einen Schwall braunen Safts aus seinem Mund auf die Straße platschen. Dann gab er Gas. Jan sah im Spiegel den flackernden Blick und das bedrogte Grinsen, mit dem der Fahrer seine Portion Blätter weiterkaute. Der Wagen, aus dessen Lenksäule Kabel hingen, schoss über die Straße, die Musik dröhnte, der Fahrer fluchte. Es würde ein Höllenritt werden, aber Jan hatte nicht die Kraft sich zu wehren.

16

„Prost, Vata, ah, heut is zünfti!"[16]

Ein Schnöseldiplomat hatte Kien innerlich zur Weißglut gebracht. Der Mann, ein Attaché der deutschen Botschaft in Aschgabat, sollte juristisch beraten werden, weil er, für ein paar Tage zu Gast in Usbekistan, in der Nacht zuvor von der usbekischen Miliz in Gewahrsam genommen worden war. Bei einer Razzia in einem Edel-Bordell, in flagranti mit einer Minderjährigen. Das AA-Arschloch, der eingebildete Aus-dem-Ei-Gepellte, goldbraun Gebratene, der aufgrund seines Status' noch in der Nacht auf freien Fuß, freies Seglerschuh-Füßchen gesetzt worden war, sollte am Nachmittag eine Aussage machen, hatte aber immer nur das Land geschmäht mit seinen Bauern und Bauerndingern, die dankbar sein könnten, wenn man ihnen Geld für ihre armseligen Dienste gebe. Kien, der wohl hinzugezogen worden war, weil er das Milizsystem gut kannte, war nach einer Viertelstunde einfach gegangen. Aus Recks Büro hinaus, hinaus aus dem Botschaftsgebäude, und, ohne dass er recht wusste, wohin er ging, war er in einer Schaschlikbraterei gelandet, wo er erst einmal hundert Gramm Wodka trank.

Gleich würde er seinen Sohn aus der Internetdiele zerren, mit ihm indisch essen gehen und ihn dann zum Flughafen bringen. Der letzte Abend zusammen und er war ein Nervenwrack. Die Reise nach Samarkand war auch alles andere als entspannt gewesen. Mit heimlichem Pegeltrinken, mal ein Wodka hier, mal ein Wodka da, hatte er auffälligere Entzugserscheinungen vermieden, war aber reizbar gewesen. Jakob hatte kaum etwas gesagt und war nur aufgeblüht, als sie zufällig Dina begegnet waren. Ansonsten waren sie

---

16 Karl Valentin: Der Firmling

schweigend endlos durch die glühende Stadt gelatscht, für die Jakob keinerlei Interesse zu haben schien. Vielleicht vermisste er ja seine Leute daheim, hatte Kien gedacht, doch nichts gesagt. Xenia anzurufen, hatte er sich nicht getraut, dabei hätte er nach russischer Sitte auch noch um ein Uhr nachts bei ihr anklingeln können. So war die Zeit quälend langsam vergangen und Kien war dankbar gewesen, als Jakob und er endlich in der Marschrutka nach Taschkent saßen. Eingequetscht zwischen anderen hatten sie einfach nur aus dem Fenster geschaut, auch wenn's dort nicht wirklich viel zu sehen gab: Steppe, pinke Tamarisken, Grenzposten.

Nun also das für lange Zeit letzte gemeinsame Abendessen, - mit dem Muffelkopf, seinem Sohn, - den er liebte. Kien nahm noch einmal hundert. Wenn er ihn dann, wahrscheinlich erst in einem Jahr, wiedersähe, wäre Jakob ein anderer, aber vielleicht hätte er selbst sich ja auch verändert ... vielleicht würde es ihm doch gelingen, mit dem Trinken aufzuhören, mit Xenia zusammenlebend ...

Eine halbe Stunde später ging er - Pfefferminz im Mund - auf das Internet-Café zu, um seinen Sohn herauszuholen, doch der stupste ihn überraschend von der Seite an. Wahrscheinlich hatte er ihn nicht früher gesehen, weil er angetrunken war. Als er seinen Sohn anschaute, sah er in dessen Gesicht einen gewissen freudigen Überschwang, den er nur ganz selten bemerkt hatte. Kaum hatte Kien das festgestellt, musste er aber mitansehen, wie die frohe Aufgeregtheit wich und Enttäuschung und Angst das Gesicht verschatteten. Natürlich hatte Jakob gemerkt, dass Kien getrunken hatte. Das machte wiederum Kien traurig, aber was sollte er machen? Wenn er nicht so benebelt gewesen wäre, hätte er sich selbst dafür gehasst, wäre dann aber nicht mehr in der Lage gewesen, seinem Sohn gegenüberzusitzen. Also war es gut, dass er betrunken war, so war er zumindest handlungsfähig.

Sie gingen auf der Schattenseite der breiten Straße. Jakob

schleppte seine Sporttasche. Kien war wie in Watte gepackt, was ihm gefiel. Der Verkehrslärm kam nicht an ihn heran, der Trubel um ihn herum wirkte wie ein Film auf einer Leinwand. Ein Film, der nicht wirklich etwas mit ihm zu tun hatte und den er sich anschauen konnte oder auch nicht. Nur sein Sohn machte ihm Kummer. Der sagte nichts und ging wie ein Fremder ein paar Meter hinter ihm her. „Komm schon", Kien drehte sich um. „Das ist unser letzter Abend", versuchte er ihn aufzumuntern, merkte jedoch, dass seine Zunge leicht schlurrte.

Sie kamen an einem Polizeirevier vorbei. Hinter schwarz verspiegelten Scheiben saßen da die Milizionäre, von denen die besten nur erpressten, die schlechtesten aber folterten, vergewaltigten und mordeten. Jetzt gerade beobachteten sie vielleicht Vater und Sohn, fanden die zwei Gestalten, die irgendwie zusammenzugehören schienen, verdächtig und überlegten, ob sie erst einmal von der Straße entfernt und überprüft werden sollten. Kien schwitzte, sah auf seinen Schatten. Man musste dieser verdammten Sonne etwas entgegensetzen, auch wenn man verbrannte, er selbst zerfiel sowieso eher früher als später zu Staub. Und das war gut, denn der Staub verteilte sich, legte sich auf alles, hüllte alles ein, bis es selbst zu Staub wurde. Am Ende siegte immer der Staub. Aber, dachte er, all die Staubkörner vermengten sich. Der Staub der Guten mit dem der Schlechten. Das Gewürz der Erde. Der Gedanke gefiel ihm nicht.

Nippes, schwere Vorhänge – das Restaurant war noch leer. Sie setzten sich an einen Fenstertisch. Jakob bestellte sich ein Mango-Lassi, Kien Bier.

Der traurige und vorwurfsvolle Blick seines Sohnes ärgerte ihn. „Was ist denn jetzt so schlimm?", fragte er in hartem Ton. Sofort tat es ihm leid und er versuchte, es wieder gutzumachen, indem er einfach sagte: „Es war schön mit dir."

Jakob spielte verlegen mit der Serviette. Offensichtlich fiel ihm dazu nichts ein.

„Du sagst nichts? Also muss ich wohl reden."

„Musst du ja nicht."

„Das erinnert mich an deine Mutter. Schweigen als Waffe."

„Bist du deshalb damals abgehauen?"

„Wir haben uns auseinandergelebt."

Jakob schnaufte verächtlich.

„Hör zu! Es gibt so etwas wie das Verschwinden der Liebe. Ich hab Ingrid sehr geliebt. Die ersten Jahre waren glücklich, auch wenn sie dir vielleicht was anderes erzählt hat. Du wurdest geboren, zuhause war's gemütlich. Aber die Liebe ist uns abhandengekommen, wie's irgendwo heißt. Mir wurde's langweilig, der Job, die Familie, ich hatte ein paar Affären ..."

Jakob war erstarrt, es war ihm peinlich. „Muss das jetzt sein."

„Ja, es muss sein! Beethoven! Ferré! Hör's dir an! - Die Affären, das musste vielleicht nicht sein, oder doch, ich weiß nicht, aber deine Mutter hatte sich auch verändert, vielleicht als Reaktion auf mich, ich weiß nicht, aber sie war so anders geworden, kühl, und nicht nur das, ihr Blick, ihr ..."

„Hör auf", bat Jakob mit fleckigem Gesicht und stand auf.

Kien hielt ihn am Arm fest, aber Jakob riss sich los und lief hinaus. Kien ging seinem Sohn hinterher, schwankte etwas und wäre fast mit dem Kellner zusammengestoßen. Auf der Straße sah er ihn nicht, also trabte er schwerfällig um die nächste Ecke und sah Jakob dort sitzen und weinen.

Als Kien sich räusperte, rief Jakob „Geh weg!" und drückte seine Hände auf die Augen.

„Es tut mir leid", sagte Kien.

„Warum ...", schluchzte Jakob in seine großen Hände, „hast du es nicht stärker versucht?"

'Try again. Fail better', dachte Kien und nickte mit dem Kopf. „Komm wieder mit rein."

115

„Ich komm nach."

Kien ging wieder ins Restaurant, stürzte an der Bar einen Whisky hinunter, setzte sich. Nahm etwas vom Curry. Wartete. Schaute aus dem Fenster. Die blaue Stunde deprimierte ihn. Er sah auf den Tisch, auf die Warmhalteplatten. Spürte, wie er ärgerlich wurde auf seinen Sohn. Er hatte doch nur die Wahrheit gesagt. Genau wie Ingrid, die auch nie die Wahrheit hatte hören wollen. Die an der Wahrheit im Grunde genommen nicht interessiert war.

Schließlich kam Jakob wieder. Offenbar hatte er sich Wasser ins Gesicht gespritzt, denn seine Haare hingen ihm nass vor die Augen und sein graues T-Shirt war voller Flecken. Schweigend und bedrückt begann Jakob zu essen. Mit schlechtem Gewissen sah Kien ihm zu und nippte so selten wie möglich an seinem Bier. Bestimmte Bewegungen und vor allem der Blick erinnerten ihn an Ingrid. „Es tut mir leid, dass ich dir peinlich bin."

Jakob sagte nichts.

„Gerade habe ich mich gefragt, ob ich dich überhaupt kenne."

„Wenig, ist doch klar, du warst ja nie da."

„Ja, ja, ja", winkte Kien ab, „Aber wer bist du? Ich sehe einen verschlossenen Computer-Nerd, ungeschickt, picklig, noch in der Pubertät. Bist du einer dieser 17-Jährigen, die von Pornos abhängig sind, mit Tausenden von belastenden Bildern im Kopf?"

Jakob schaute auf den Teller.

„Wie kann ich dir helfen, glücklich zu werden?"

„So jedenfalls nicht", murmelte Jakob.

„Sieh mich doch mal an."

Jakob aber starrte weiter auf das Zeug auf seinem Teller.

„Nur einmal in diesen zwei Wochen hier hab ich dich glücklich gesehen: beim Badmintonspielen mit Dina. Ansonsten war's ein Dahindümpeln mit dem Hochmut der

Jugend. Das hat mir nicht gefallen."

„Mir gefällt auch einiges an dir nicht", stieß Jakob, der bleich geworden war, hervor.

„Weiß ich, jetzt aber bin ich erst mal dran. Sind die schlechte Laune, das Geringschätzige und Sich-Null-Bemühen - sind das Entzugserscheinungen? Zu wenig Internet? Oder bist du einfach so? - Sprich mit mir."

Jakob nuschelte etwas, das Kien nicht verstand.

„Was? Was hast du gesagt?" Kien sah, dass ein paar Tränen von Jakobs Gesicht auf den Teller tropften und plötzlich tat ihm sein Sohn leid.

„Nein, ich sprech nicht mit dir", sagte Jakob leise. Dann wischte er sich die Tränen aus den Augen und hob den Blick.

Kien erschrak, denn es war ein Blick voller Mitleid.

„Weißt du was? Trink weiter und sprich mit dir selbst. Ich kann nicht mehr." Jakob stand auf. „Ich nehm mir jetzt ein Taxi zum Flughafen und will dich auch nicht mehr sehen."

Sprachlos sah Kien der schlacksigen Gestalt seines Sohns nach. Zu spät entschloss er sich, ein Bündel Sum-Scheine auf den Tisch zu werfen und ihm hinterherzulaufen. Er merkte, wie betrunken er war, weil er schwankte und sich an einigen Tischen abstützen musste. Draußen ließ er seinen Blick über Bürgersteig und Straße schwenken, die Formen verschwammen, aber soweit er erkennen konnte, war Jakob schon fort. Also stellte er sich auf die Straße und wäre fast von einem Auto überfahren worden. Der Fahrer schimpfte, willigte dann aber ein, ihn für eine hübsche Summe Sum - „Bienchen-Summ-Herum", murmelte Kien - zum Flughafen zu kutschieren.

Kien sah wieder den 'Müll', die Miliz, am Rand der breiten Prospekte stehen und das Wort musste ihm herausgerutscht sein, denn der Fahrer schnauzte ihn plötzlich an, dass es reiche. Offenbar ein Linientreuer, dachte Kien. Solche gab's auch, hatte ja einen Nexia, ging ihm gut. Kien lachte und

117

nuschelte auf Deutsch weiter: „Karimov mit dem Karpfenmaul, Karimov mit dem Karpfenmaul" Der Fahrer schmiss ihn raus, wollte sein Geld nicht haben.

Kien kotzte in einen Graben, kaute Kaugummi. Ein anderer Fahrer nahm ihn mit. Kien disputierte mit sich selbst, „war doch nicht so schlimm. Vielleicht hätt ich mehr über die schönen Momente mit deiner Mutter erzählen können, als wir aus ner Laune raus nach Italien gefahren sind und du unter Pinien gezeugt wurdest. Aber das hätt dich auch in Verlegenheit gebracht, wäre nicht viel besser gewesen. Außerdem, es hätte ja auch noch schlimmer sein können, ich hätte über deine Pickel sprechen können, deine Ticks, mit Hauchen unterm Hemd zu überprüfen, ob du Mundgeruch hast, aber trotzdem nicht merken, dass du Mundgeruch hast. Na ja,meine Fahne ist wohl übler. Oder die gehemmten Bewegungen, die muffigen Haare, die Flecken im Bett. Du bist eigentlich gut weggekommen." Erst jetzt merkte er, dass er mit seinem Sohn sprach, als sitze er mit ihm im Auto. Der Fahrer starrte ihn über den Rückspiegel an wie einen Verrückten. Es war nicht mehr weit. Bald bogen sie auf die breite Allee zum Flughafen ein, fuhren über eine Brücke und Kien sah den Flughafen vor sich mit weißen Säulen und weißgekalkten Bäumchen, die in Beeten steckten wie Tonpfeifen, die man auf einer Kirmes zerschießen sollte.

In der Eingangshalle sah er Jakob jenseits der Absperrung. Er rief laut seinen Namen und tatsächlich hörte Jakob ihn, blieb stehen, drehte sich um, sah kurz zu ihm hinüber, ging dann weiter auf eine verspiegelte Schiebetür zu, die sich öffnete, trat hindurch, und die Tür schloss sich.

Er hätte wenigstens seine Hand heben können, dachte Kien auf dem Rückweg. Aber er schämte sich und wusste, dass er sich am nächsten Tag noch mehr schämen würde.

118

17

Und so brech' ich mir das Edelweiß,
dann kauf ich mir ein Eis.[17]

Le Weekend – Mit Blick auf dreitausend Meter hohe Gipfel berauschende Schneeluft tief in die Lungen saugend und Dampfwolken aus den geweiteten Nüstern ausatmend ging Natalja, nackt unter ihrem Zobelpelz, an seiner Seite, die Schritte knirschend, über glitzernd verschneite Wege durch ein Davos mondäner Eleganz, bis sie zurückkehrten in ihr nach Holz duftendes Chalet, Natalja vor dem Kaminfeuer, Cognacgeschmack auf den Lippen, nackt erst auf ihrem Pelz dann auf ihm sitzend, ihn verwöhnend, bis sie sexsatt einschliefen … So stellte Jan sich die zwei Tage mit ihr in etwa vor.

Er hatte sich den Jeep des brummelnden Kanzlers geliehen, der eine Woche mit seiner Frau nach Bali flog. Einen Arm - gebräunt, medium behaart und mit einer schweren Uhr versehen - aus dem offenen Fenster hängen lassend, steuerte er das schwere Fahrzeug lässig stadtauswärts. Natalja saß neben ihm, bei 40 Grad Hitze natürlich nicht im Pelz, sondern im casual look. Aber sie waren ja noch nicht in den Bergen. Ihr kurzes blaues Sommerkleid brachte ihre Model-Figur und die unglaublichen Beine zur Geltung und war mit weißen Blüten bedruckt – 'Baumwolle', hatte er gescherzt und sie hatte, ohne zu lächeln, 'Weißer Mohn' gesagt. Seitdem hatte sie geschwiegen, so dass er schließlich fragte, ob sie müde sei.

„Njet."

Mehr nicht. Jan dachte an ihre erste gemeinsame Nacht zurück, - nach dem Samarkand-Flop mit Dina. Wie anders war sie da gewesen. Vor, während und nach dem Sex in seiner

---

17 Frl. Menke: Hohe Berge

Wohnung. Für den Wochenend-Trip hatte er sich telefonisch mit ihr verabredet. Immer noch wusste er nicht, wo sie wohnte, denn – trotz Charme-Offensive seinerseits – hatte sie darauf bestanden, dass er sie am Kaufhaus ZUM abholte. Dort war sie mit einem kleinen Rucksack als Gepäck vor einer halben Stunde zugestiegen und hatte eigentlich nur aus dem Fenster geschaut. Jan schaltete das Radio ein und der Piepsepopsong 'Ja soschla s uma' schien Natalja von ihren düsteren Gedanken abzulenken. 'Ich hab den Verstand verloren', sang sie mit und wippte im Takt mit dem Kopf. Doch als sie gleich darauf an einem Straßenposten vor dem Schlagbaum halten mussten, hörte sie sofort damit auf. Sie saß jetzt sehr aufrecht, Jan spürte ihre Anspannung und sah, dass sie ihre Finger gekrümmt auf ihre Schenkel presste, als er ihre Papiere dem Milizionär hinausreichte. Der schaute kurz auf ihre Pässe und verschwand dann in einer kleinen Blockhütte. Ein bewaffneter Posten beobachtete sie.

„Warum hast du Angst?", fragte er.

„Ich habe keine Angst", antwortete sie.

An ihrer Stimme und ihren starren Gesichtszügen erkannte er, dass sie log und fragte sich, was sie zu verbergen hatte. Bestimmt war sie als Prostituierte registriert, was herauskam, wenn ihre Personalien überprüft wurden. Sie wusste, wie es war, 'herumgeschubst' zu werden, dachte Jan – verharmlosend, wie ihm selbst klar war. Er versuchte, sie abzulenken, indem er von einem Film zu erzählen begann, in dem ein Verbrecher und seine Frau flüchten und es am Ende schaffen, aber Natalja sagte nur: „Sei still."

Jan kam sich vor wie ein kleiner Junge, der von einer erwachsenen Frau zurechtgewiesen wurde.

Endlich kam der Milizionär wieder aus der Hütte, ging auf den Wagen zu, gab die Papiere zurück und der Schlagbaum hob sich. Jan startete den Motor und fuhr an den Posten vorbei.

„Was ist los?"

„Nichts."

Ihre maulfaule Antwort machte ihn wütend. Immerhin bezahlte er den ganzen Scheiß.

„Ich zahle die Hälfte", sagte sie plötzlich, so als habe sie seine Gedanken gelesen.

Das kann ja heiter werden, dachte Jan und im selben Moment wurde ihm klar, wie vorhersehbar und spießig er war.

Nun sahen sie die Berge vor sich aufragen. Er gab Gas und der Jeep schoss vorwärts. Am Straßenrand verkauften Hutzelmännlein Honig. Natalja hatte nach Honig geduftet, dachte er und musste abbremsen, denn über einen wilden Bach waren zwei lange Stahlplanken gelegt, über die er langsam fahren musste. Eine Fahrprüfung, - kein Problem.

Der Felsklotz im Hintergrund war schneelos kahl, denn alles war ganz anders als in seinem Pink Panther – Winteridyll. Jetzt im Sommer gab's nur noch Schneereste im Schatten, die Hänge sahen aus wie mit grün verschimmeltem, mottenzerfressenem Fell behangene Flanken toter Büffel, - an vielen Stellen schauten graue Knochen hervor. Natalja sagte immer noch nichts. Sie fuhren Serpentinen hinauf, die Straße war schlecht, er musste Schlaglöchern und Geröllhaufen ausweichen.

Schließlich erreichten sie Beldersay. Der Kurort machte einen ausgestorbenen Eindruck. Sie fuhren an ein paar Beton-Hotels vorbei und erreichten die Hütte, die ihm von Tvoludin empfohlen worden war. Sie stand an einem steilen Hang, war aus Holz und wurde hangabwärts von zwei langen Pfeilern gestützt.

Innen war es sehr warm und roch etwas nach Schaf, was von den Teppichen kam, die überall rumlagen. Er öffnete die Fenster und schaute auf die veraltete, quietschende Liftstation. Leere Sessel kamen pendelnd herunter, machten eine holprige Wende, bewegten sich weiter leer den Hang hinauf und verschwanden hinter einer Kuppe. Die Zweiersitze hingen mit langgezogenen Haken an Stahltrossen, die von einem brummenden Motor gezogen wurden.

„Fahren wir gleich hoch?"

Natalja war im Badezimmer und antwortete nicht.

„Oder machen wir eine kleine Siesta?", fragte Jan weiter und dachte 'Liebe am Nachmittag'. Er versuchte es sich vorzustellen, benutzte Bilder, die er von ihrer Nacht im Kopf hatte, merkte aber gleich, dass daraus jetzt nichts werden würde, ... es sei denn, Natalja käme in ganz anderer Stimmung aus dem Bad.

Als sie schließlich herauskam, wirkte sie zwar entspannter und lächelte ihn sogar an, berührte ihn jedoch nicht, während sie einfach zur Tür ging und sich draußen eine Zigarette anzündete. Er legte seine Arme um sie, stützte sein Kinn auf ihre Schulter und schaute durch den Zigarettenrauch dorthin, wohin auch sie schaute: auf einen Bergrücken und den postkartenblauen Himmel. „Woran denkst du?"

Sie ließ die Zigarette fallen und trat sie aus. „Gehen wir?"

Im schaukelnden Sessellift schien sie ihre Bedrücktheit abzuschütteln, ließ die Beine baumeln und reichte ihm an der rostigen Mittelstange vorbei die Hand, so dass sie ganz wie ein verliebtes Paar zum Gipfel hinauffuhren.

Obwohl es keinen Schnee gab, meinte Jan, in der Luft einen Erinnerungsduft an den vergangenen langen weißen Winter hier oben zu spüren.

Über felsgespicktes Terrain kletterten sie die letzten hundert Meter hinauf.

„Wow", sagte er, weil er dachte, er müsse etwas sagen.

„Berge eben", sagte sie und lächelte zum ersten Mal.

Sie liefen ein wenig in der von Kratern durchlöcherten Mondlandschaft herum und stießen an einem Abhang auf zwei junge Russen mit einem Gleitschirm. Natalja sprach die beiden an, sagte, sie habe einen Flugschein und fragte, ob sie mit ihrem Tandem-Schirm fliegen dürften. Beide Männer schauten sie durch ihre verspiegelten Sonnenbrillen an. „Ihr wollt also fliegen?", sagte einer von ihnen mit schwerer Zunge. Der andere lachte, als habe sein Freund mit der gelb getönten Brille einen Witz gemacht. Jan wurde klar, dass beide bekifft waren. Er versuchte aber gar nicht erst, Natalja von ihrem Plan abzubringen. Sie drückte den beiden 50 Dollar in die Hand und begann, den Flug vorzubereiten. Die Männer standen ein bisschen herum und gaben ein paar Hinweise. Schließlich stellte Natalja sich am Abhang in Position, dirigierte Jan vor sich, legte ihm die Gurte an, zog den Schirm hoch, rief „dawaj!", sie liefen hinab und mit einem Mal verloren sie den Tritt, hoben ab, glitten über die Klippe, schwebten über der Schlucht und flogen in den Himmel hinein, Natalja lenkte und Jan saß vor ihr im Gurt wie auf ihrem Schoß, nur ohne sie zu berühren. Es war still bis auf das Knarzen des Gestänges und den Wind. Doch plötzlich klappte ein Teil des Gleitschirms ein, sie sackten ab, fielen fast, der Stoff knatterte laut, der Wind nahm ihm den Atem, ihm wurde schlecht, aber da fing der Schirm sie mit einem Ruck wieder auf. Natalja sagte nichts, er fühlte sie nicht und plötzlich war Jan sich nicht mehr sicher, ob sie überhaupt noch hinter ihm war. Nun schwebten sie auf eine Felswand zu und er biss die Zähne zusammen. Er wollte keine Angst zeigen. Kurz vor dem Aufprall trug die Thermik sie hinauf. Es war, als seien die Hindernisse von starken, schützenden Luftströmungen umgeben, die sie in den Himmel hoben. Nun glitten sie sehr ruhig und Natalja scherzte, dass man jetzt eigentlich ein Picknick machen könne. Dann klopfte sie ihm auf den Helm. „Wir müssen runter, die Jungs werden sonst unruhig."

Die Landung war nicht gerade sanft. Jan stolperte, sie überschlugen sich und lagen dann halb unter dem Schirm im Gras. „Kaif", war alles, was Natalja sagte. Jans Knie schmerzte so stark, dass er lachen musste. Er schaute sich seine blutende Wunde näher an, während Natalja sich schon ausgeklinkt hatte, zu den bekifften 'Piloten' gegangen war und mit ihnen sprach. War es Zufall, dass sie mit 'kaif' ein Wort aus der Kiffersprache benutzt hatte? 'Das haut rein'. Er humpelte auf das Dreiergrüppchen zu. Sie stellte ihm den einen als 'Glider On The Storm' vor und lachte. Dann drehte sie beiden einfach den Rücken zu, rief 'poka' über die Schulter, hakte sich bei Jan ein und zog ihn mit sich. „Die kommen schon mit ihrem Schirm zurecht", meinte sie gutgelaunt, und gemeinsam hüpften sie Arm in Arm ins Tal hinab, obwohl ihm das Bein wehtat.

Je näher sie aber der Hütte kamen, desto mehr ließ Nataljas Beschwingtheit nach. Während sie Tee kochten, konnte sie ihre Unruhe nicht mehr verbergen und ging nach draußen. Als sie zurückkam, war sie verändert. Sicher hatte sie Haschisch bei den 'narkomanij' gekauft, sich einen Joint gedreht und geraucht. Nun schmiegte sie sich an ihn, flüsterte ihm mit süßlichem Atem Kosenamen ins Ohr, schien jedoch durch ihn hindurchzusehen, wenn er in ihre schönen, aber verschleierten Augen schaute. Irgendwie lief das alles nicht gut.

Mechanisch packte er die Vorräte aus, die er mitgebracht hatte und fing an, Nudeln zu kochen. Sie sah ihm zu, als verstünde sie gar nicht, was er da Seltsames tat. Dabei schaufelte sie sich große Batzen Pistazien-Halwa in den Mund. Fressflash-Attacke, the munchies.

Später aß sie von den, zugegeben lieblos gekochten Nudeln nur eine Gabel, dann ging sie wieder raus. Er stellte sich draußen neben sie und sie schauten in den dunkel werdenden Himmel, an dem die ersten Sterne auftauchten. „Ich muss schlafen", nuschelte sie irgendwann.

„Ich warte auf eine Sternschnuppe", sagte er.

Sie tapste unsicher in die Hütte.

Als er zehn Minuten später ins Schlafzimmer kam, schlief sie schon.

Am nächsten Morgen war sie wie ausgewechselt. Sie küsste ihn und kuschelte sich an ihn, wollte aber keinen Sex, was ihn enttäuschte. Sie tranken Tee auf der kleinen Veranda und schauten auf die noch frische Welt, in der langsam das sommerliche Fieber anstieg. Sie küssten sich gerade, als ihr 'Mobilnik' klingelte. Jan hatte gar nicht gewusst, dass sie so ein Ding dabeihatte. Sie lief auf den Schotterweg, sagte nur ein paar Worte und kam wieder zurück. Gleich werde sie abgeholt, es tue ihr leid. Jan schaute ihr sorgenvolles Gesicht an und sah, dass nichts daran zu ändern war. Sie ging in die Hütte und kam gleich darauf mit ihrem kleinen Rucksack wieder heraus. Sie versuchte ihn anzulächeln, drehte sich um und ging den Schotterweg in den Ort hinunter. Noch bevor sie die erste Kurve erreichte, glitt ein Auto auf sie zu, metallisch funkelnd wie ein gepanzertes Insekt, eine Tür klappte auf, sie stieg ins schwarze Innere, die Tür klappte zu, das Fahrzeug wendete und verschwand. Eine Staubwolke hing noch kurz über dem Weg.

Er verstaute alles im Jeep und verriegelte die Hütte. Dann ließ er seinen Blick über die Bergflanken gleiten. Vielleicht blitzte ein Fernglas auf und verriet einen Beobachter. Aber er sah nur Kiefern, Moos, Felsen … Er stieg in den Wagen und fuhr den Weg zurück, den sie gestern gekommen waren.

18

When I touch you - do you quiver
from your head down to your liver?[18]

Die *chillá* hatte begonnen, die Zeit der großen Hitze, und Kien hatte unter dem metallenen Dach des Bazars wie ein rotgesottener Hummer im Kochtopf gesalzene Sonnenblumenkerne, Aprikosensaft und Eskimo-Eis besorgt, - und natürlich etliche Flaschen Baltika 3. Zum ersten Mal würde Xenia zusammen mit ihrer Tochter bei ihm sein. Er hatte zu einem Filmabend eingeladen und wollte ein guter Gastgeber sein.

Eine Flasche Bier trinkend hatte er das Haus etwas aufgeräumt und im Karton mit seinen DVDs gewühlt, um ein paar Filme zu finden, die in Frage kamen. Jetzt legte er den kleinen Stapel auf den Gartentisch und setzte sich in den Schatten des Quittenbaums. Der blaue Himmel, eine weiße Wolke, die langsam dahintrieb - wie eine kleine Qualle. Schön und gut, doch plötzlich ging ihm der Spruch 'Auf einem Bein kann man nicht stehen' durch den Kopf: Also zischte er ein zweites Bier. Der Himmel war nun ein Meer voller Medusen … wie schnell sich alles veränderte, dachte er und hatte plötzlich eine Vision: Er sah sich – verkatert, voll Angst und Selbsthass - ins Meer laufen, untertauchen und wieder auftauchen: auf wunderbare Weise klar, wiedergeboren, repariert, geheilt ... Xenia am Strand auf ihn wartend ... 'Gott liebt die Dreiheit', dachte er dann aber und ging gerade in die Küche, um sich ein drittes Bier zu holen, als es an der Tür klingelte.

Die Hitze hatte Xenia Rouge auf die Wangen gezaubert, ihr Kuss schmeckte salzig. Sie sagte, dass Dina etwas später

---

18   Nina Simone: Do I Move You?

komme, warf ihre Tasche aufs Sofa und schlüpfte aus den Schuhen. Dann lief sie wortlos an ihm vorbei in den Garten, hängte den Schlauch in den Quittenbaum, zog sich bis auf ihren Slip aus und duschte sich, am Anfang ein paar unterdrückte Schreie ausstoßend, kalt ab. „Komm zu mir", - einladend liebkoste sie ihre großen Brüste und machte Anita Ekberg im Trevi-Brunnen nach, spielte mit ihren blondierten Haaren. „Wir haben noch ein bisschen Zeit." Kien sah ihr dunkles Schamhaar durch den nassen Slip. Er stellte sich vor sie, hielt seinen Kopf in den Sprühnebel, japste nach Luft, schaute in die winzigen glitzernden Tropfen, in denen sich das Licht brach, und es schien ihm, als sei er von einem Regenbogen umgeben. Jetzt biss Xenia ihm zärtlich ins Ohrläppchen, gleichzeitig nestelte sie an seiner Hose. „Der Morchel muss gewaschen werden", murmelte sie. „Komm", flüsterte er und drehte den Schlauch ab. Sie liefen ins Haus, rubbelten sich gegenseitig auf dem Bett trocken, leckten sich … - da klingelte es unten an der Haustür. Hastig zogen sie sich wieder an und polterten nach unten, Xenia ging in den Garten, Kien öffnete die Tür und blieb etwas unbeholfen im Türrahmen stehen. Sie sah ihn prüfend an. „Ist Mamutschka schon da?" „Im Garten."

Als er vom Badezimmer hinunter in den Garten kam, stritten sich Mutter und Tochter über die Filme, die zur Auswahl standen. Dina las monoton die Kurzzusammenfassung von 'In A Lonely Place' vor. „Du bist eine Drama-Queen, Mama. Willst du uns allen die Laune verderben mit einem alkoholkranken, alten Mann?"

'So einen haben wir ja hier schon sitzen', hörte Kien im Geiste.

„Bogart hat so ein ausdrucksstarkes Gesicht", sagte Xenia etwas lahm.

„Haben französische Bulldoggen auch", entgegnete Dina spöttisch.

„Und ich mag traurige Liebesgeschichten", versuchte ihre Mutter, den Film zu verteidigen.

„Liebesgeschichte – pff! Mit einem Typen, der den ganzen Tag vor nem leeren Blatt Papier sitzt."

'Dein Geschichtchen hier mit diesem deutschen Bürokraten kann ja auch nur schlecht ausgehen', hörte Kien diesmal und dachte, dass Dina eigentlich Recht habe.

„Wenigstens bin ich nicht gewalttätig", sagte Kien und merkte am verständnislosen Gesichtsausdruck beider Frauen, dass er irgendwie gedanklich gesprungen war. „Tut mir leid, - hab mich wohl zu sehr identifiziert - wollt ihr was trinken?"

Beide wählten Aprikosensaft.

„Wirklich ein sehr guter Film", sagte er und merkte sofort, wie naiv das wirkte.

Beide lachten.

In der Küche nahm er gestresst ein paar große Schlucke Bier, griff nach dem Tetrapack Saft und Gläsern, rülpste mit geschlossenem Mund und stellte wieder einmal fest, dass er es genoss, das CO_2 mit Bieraroma durch die Nase entweichen zu lassen. - Das Um-sich-selbst-Kreisen des Süchtigen. Alle Gedanken und Eindrücke führten zur Droge. Egal! Er nahm noch einen Schluck. Sonst hielt er die Anspannung nicht aus. Dina schien verändert, angriffslustig. Sicher gefiel es ihr nicht, dass ihre Mutter etwas mit ihm hatte. Er ließ die Flasche gluckern, bis sie leer war. Dann trat er hinaus ins grelle Licht und fühlte sich wie eine Molluske, eine Weinbergschnecke im Sud, aus dem Haus gezerrt, eine Sepia auf dem Grill ...

„Habt ihr euch geeinigt?"

„Den hier", Dina reichte ihm 'Meet the parents'. „Vielleicht erfährt man ja, wie Geheimdienstler so ticken."

Kien zuckte innerlich zusammen, - Wusste sie, dass er beim BND war? Was hatte er Xenia erzählt? Hatte sie darüber mit ihrer Tochter geplaudert?

„Wo ist denn das Badezimmer?", fragte Dina nun.

128

„Die Treppe hoch, links."

Als Dina gegangen war, stand Xenia auf, umarmte und küsste ihn. „Geplagter Gastgeber, du tust mir leid." Sie ließ ihre Zunge in seinen Mund gleiten, zog sie langsam wieder hinaus. „Ich weiß nicht, was in letzter Zeit mit Dina los ist."

Sie hörten die Spülung oben und Kien nahm seine Hände von Xenias Po. Nach vorn gebeugt, begann er, die Knabbereien ins Wohnzimmer zu tragen. Er legte die DVD ein und ließ die Jalousien herab. Dina kam zurück und plumpste neben ihrer Mutter aufs Sofa. Kien setzte sich in einen Korbstuhl und sah auf seine bleichen, blau geäderten Altmännerbeine. Er war froh, jetzt erst einmal nicht reden zu müssen und dachte darüber nach, wie er möglichst unauffällig ein weiteres Bier trinken könne.

Aber von entspanntem Glotzen konnte keine Rede sein. Dina war auf Krawall gebürstet. „Blödes Wortspiel: Focker – Fucker!"

„Stimmt. Nur die quakenden Amis verschleifen das Minimalpaar", gab Xenia an.

„Und so ein künstlicher Heiratsantrag! Sag's ihr doch einfach, Blödmann!", Dina blähte ihre hübschen Nasenflügel und stieß verdrossen Luft aus.

„Ich find das ganz nett", meinte Xenia, und Kien hätte gern dankbar seinen Kopf auf ihre weiche Schulter gelegt, aber das ging ja nicht. Stattdessen ging er in die Küche, trank Bier und dachte noch einmal schnell darüber nach, was er Xenia im Suff alles über seinen Job gesagt hatte, ob sie wusste, was er wirklich machte und auch dass er Donnerstag nach Urgut fahren würde. Der Informant musste geschäftlich von Andijon nach Samarkand fliegen und würde anschließend von dort nach Urgut fahren, um Teppiche zu kaufen. Das war unauffällig. Sicher würde Kien beschattet werden, aber er würde die Verfolger schon abschütteln. Außerdem stand der genaue Treffpunkt noch nicht fest. Dennoch: Hatte er geplappert? Kien nahm sich vor, Xenia genauer zu beobachten, auf Zeichen zu achten … Er mochte das nicht, er mochte sich nicht. War er ein Kontrollfreak wie der Ex-CIA-Typ im Film? Jetzt hörte er Xenia lachen.

„Die Szene war gut", sagte sie amüsiert. „Als er die Urne von Jacks Mutter mit dem Champagnerkorken vom Kaminsims schießt."

„Fand ich so mittel", meinte Dina.

Der Film lief weiter. Auf dem Anwesen des Exfreunds seiner Freundin schmettert der übermotivierte Focker den Volleyball auf die Nase der Schwägerin in spe.

„Ist er dein 'Sexfreund'?", fragte Dina ihre Mutter und Kien sah, wie ihre Augen blitzten.

„Er ist mein Schmusebärchen", antwortete Xenia lächelnd.

Dina stöhnte und sprang auf. „Ich brauch kaltes Wasser."

Als sie draußen war, küssten sie sich. Etwas außer Atem rief Xenia nach oben, ob sie die Stopptaste drücken sollten.

„Lasst einfach laufen", kam es zurück.

Sie mussten lachen, als Focker hinter dem Kater herkletterte, seine Zigarette in die Dachrinne fallen ließ und der kunstvolle Hochzeitspavillon in Flammen aufging.

„Schmauchen wir eine", flüsterte Xenia in seinen Mund. Sie hielten den Film an und gingen in den Garten, sahen den Rauchwirbeln nach, die in die flimmernd heiße Luft aufstiegen und dann verschwanden. Kien wurde etwas schwindlig.

Dina war immer noch oben im Bad. Sie lehnten sich unten an die Tür, küssten sich ...

„Ich fühl mich wie eine Teenagerin, die etwas Verbotenes tut", flüsterte Xenia.

Als sie hörten, wie Dina oben die Badezimmertür öffnete, zupften sie schnell ihre Kleidung zurecht und ließen den Film weiterlaufen.

„'Jinx würde nie spülen'", zitierte Xenia. „'Er hat ja noch nicht mal Daumen, Focker'", wiederholten sie beide

130

zusammen und lachten.

„Seid ihr irre?" Dina verschränkte die Arme, aber Kien hatte den Eindruck, sie müsse auch ein bisschen schmunzeln.

In der Küche machte er ein paar Häppchen mit orangenem Kaviar, Dill und salzigem Käse aus Georgien.

„Das alles ist doch nicht wirklich lustig", beklagte sich Dina gerade, als er wieder hereinkam. „Wer weiß, was so ein CIA-Onkel gemacht hat."

„Hmh", war alles, was Kien einfiel.

„Wird auch an eurer Botschaft verhört? Oder lagert ihr sowas aus?"

Wusste Dina doch etwas über ihn, was sie nicht wissen sollte? „Ich glaube, bei der CIA hat sich herumgesprochen, dass Folter keine verlässlichen Erkenntnisse liefert."

„Wie er das sagt!" Dina sah herausfordernd ihre Mutter an. Die lachte einfach über den Abspann, die Handkantenschläge, die Focker im Schlafanzug vor den Überwachungskameras ausführte: 'Did they teach you that in the CIA, Jack?'

„Nett", Xenia streckte sich und verschränkte die Arme hinter dem Kopf.

„Reine Verharmlosung", meinte Dina. „Hat er ihn deshalb ausgewählt?"

„Ihr habt ihn doch ausgewählt", erinnerte Kien sie sanft.

„Sie haben die Vorauswahl getroffen."

„Was ist denn mit dir los?" fragte Kien.

„Was soll mit mir los sein?"

„Ich frag ja nur."

„Ich hasse solche Fragen!"

„Dina, beruhig dich", versuchte ihre Mutter zu beschwichtigen.

„Nein, ich will mich aber nicht beruhigen, verflucht!" Dina nahm ihre Tasche und stürmte zur Tür. „Ihr Turteltäubchen kotzt mich an!", schrie sie, schlug die Tür zu und: weg war sie.

131

Xenia und Kien sahen sich an. Xenia zuckte mit den Achseln, küsste ihn und begann sich auszuziehen. Endlich nackt …

Danach zündete Xenia sich eine Zigarette an. Ein leichter Wind, der vom Fenster hereinzog, kühlte.

„Ich muss gehen", sagte sie und zog sich mit Zigarette im Mund an.

Kien sah ihr zu.

„Dina macht mir Sorgen."

Kien wusste nicht, was er sagen sollte. Er brachte sie zur Tür und sie küssten sich zum Abschied.

19

Il pomeriggio è troppo azzurro
e lungo per me[19]

Jan beobachtete die großen hochbeinigen Ameisen, die auf dem glühenden Sandboden herumliefen. Er kauerte im Schatten von ausgegrabenen Ruinen vor einem aufgehäuften Kegel, ziemlich alt, ein paar Kilometer außerhalb von Termez. Endlich war er weg von den Militärs.

Ein sinnloser Besuch des Lufttransportstützpunkts der Bundeswehr lag hinter ihm. Die Uniformierten waren herumgelaufen wie die Ameisen hier über den Schutt. Der Besuch einer hochrangigen US-Delegation vom K2, der Air Base in Karshi hatte bevorgestanden, deshalb die Hektik. Stronghold Freedom, Operation Enduring Freedom, das volle Programm! Er hatte ein paar Leuten die Hand geschüttelt und sich vorgestellt. Das war alles. Irgendwo im Gebäude hatte der Kommodore gesessen, abgeschirmt.

Mit eigens abkommandierten Soldaten war Jan später zur 'Brücke der Freundschaft' gefahren, diesem 100 Meter langen Stahlding, das die Sowjets Anfang der 80er über den braunen Grenzfluss gebaut hatten. Auf der anderen Seite - genauso platt und verbrannt wie die usbekische -, lag Afghanistan. „Dahinten auf den Mohnfeldern", hatten die Typen gesagt, „zapfen die Terroristen ihr Opium ab." Als er sie gefragt hatte, was sie denn hier eigentlich machten, hatten sie geflucht. „Kotzbomber saubermachen". Dann waren sie über die 'Kameltreiber' hergezogen, und als Jan, um ihnen seine Einstellung zu zeigen, gefragt hatte, ob es denn hier überhaupt Kamele gab, waren sie sauer geworden, in ihren Hummer

---

19 Adriano Celentano: Azzurro

gestiegen und weggefahren. Etwa nach einer Stunde war er dann von einem Vorbeifahrendem mitgenommen worden, der ihn hier abgesetzt hatte. Natürlich konnte er Beschwerde über die Soldaten einreichen, - geschehen würde doch nichts.

Während er in Ausgrabungslöcher hinunterschaute – freigelegte Wände, mit und ohne Fensterhöhlen – dachte er zurück an die letzten Tage in Taschkent. Egal, wo er sich aufgehalten hatte, - ob er im Büro bei der Internet-Recherche saß, im Olympic Outdoor Pool der National Bank of Uzbekistan mit den Reichen schwamm oder schwitzend nackt auf dem Bett lag, - er hatte nur an Dina gedacht und dachte auch jetzt nur an Dina. Unterm grellen Sonnenlicht waren ihm die Fitnessstudio-geformten Frauenkörper, die im blinkenden Schwimmbadblau ihre Bahnen zogen, plötzlich nur als Bikinifüllungen erschienen, Gesichter als Sonnenbrillenständer oder der leere Blick wasserdicht geschminkter Augen. So hatte er sich noch nie in einem Schwimmbad gefühlt. So kannte er sich gar nicht. Er war unglücklich verliebt, Dina, DNA, er und sie in einer Doppelhelix, eng umschlungen … Zum ersten Mal hatte er im Spiel von Flirt und Date nicht gewusst, was er tun sollte. Er hatte gezögert, Dina anzurufen, - aus Angst, alles noch mehr zu verderben.

Als er nach zwei Tagen dann doch angerufen hatte, war nur Dinas Mutter am Apparat gewesen und hatte gesagt, sie und ihre Tochter gingen nie zur selben Zeit aus dem Haus und kämen nie zur selben Zeit zurück, sähen sich also nicht oft, sie hinterlasse aber gern eine Nachricht. Er hatte gesagt, er werde es am nächsten Tag zu einer anderen Zeit noch einmal versuchen.

Und jetzt saß er hier, am Arsch der Welt, abgeschnitten von allem, bald schon wieder umgeben von nach Schweiß stinkenden Soldaten in Tarnanzügen.

Natalja hatte er nicht wiedergesehen.

Später, am Abend desselben Tags, nach dem Flug zurück in einer Propellermaschine mit rostigen Metallteilen, heraushängenden Kabeln, angerissenen Gurten, legte er sich aufs Bett und sah sich das einzige Foto an, das er von Dina hatte. Eine Aufnahme, die er beim ersten Treffen am Kanal gemacht hatte: Wie bezaubernd sie war. Neben dem klobigen Kanzler und dem Botox-Blumenmädchen schien sie geradezu zu leuchten.

Er hielt es zuhause nicht aus, streifte durch die Straßen und landete schließlich irgendwie auf einem Botschaftsempfang. Es gab Kunsthandwerk zu kaufen und wiedermal klimperte irgendwo im Hintergrund ein dressiertes Äffchen am Klavier. Das übliche Rumstehen und die immer gleichen Gespräche. Mit diesen Diplomaten war es wie in dem Witz übers Witzeerzählen: 'Nummer 47', sagt der eine. Der andere schmunzelt und sagt 'Nummer 115', jetzt schmunzeln beide - und so weiter.

Jan bereute sein Erscheinen aber noch mehr, als sich nun die angeschickerte Frau Reck an ihn heranschmiss.

„Bussi", säuselte sie.

„Bussi selber", knurrte er.

Das fand sie lustig und bestand auf einem Termin fürs Rematch. Zum Glück musste sie weg, weil ihr Piccolöchen leer war, wurde aber von ihrem Mann abgelöst, der sofort in seine Endlos-Smalltalk-Schleife einstieg. Reck war jedoch noch nicht weit auf seinem Möbiusband vorwärtsgetrabt, als Jan von der Klavierspielerin gerettet wurde. Reck griff sich mit verzerrtem Gesicht an die Ohren. „Die macht mit ihren Wurstfingern ja Hackfleisch aus Schumann." Er eilte davon,

135

um sich beim Kulturattaché zu beschweren.

Jan flüchtete in einen abgelegenen Teil des Gartens, wo er auf Franziska Schuten traf, die eine Zigarette rauchte. Das Netz um Hartmuts Mörder ziehe sich zusammen, teilte er ihr mit, doch sie nickte nur traurig.

Alles ging ihm jetzt auf die Nerven, besonders die himmelblauen Hemden der Diplo-Fuzzis mit den Schweißflecken unter den Achseln.

Kurz darauf verließ er die Veranstaltung.

Als er an der Friedhofsmauer in der Nähe der Botschaft entlangging, hupte hinter ihm ein Auto. Kien öffnete ihm wortlos die Beifahrertür.

Zehn Minuten später hielten sie in einer Mini-Schlucht mit Wasserfall, See und Restaurant.

„Lassen Sie uns ein paar Schritte gehen", sagte Kien.

Sie stiegen aus, gingen in der Dämmerung den ansteigenden Weg hinauf, weg vom Wasserfall, See und Restaurant, den Wagen in Sichtweite.

„Wir müssen umdisponieren, die sind zu nah an mir dran", sagte Kien leise. Er schien konzentrierter und straffer zu sein als sonst. „Sie fahren morgen an meiner Stelle nach Urgut und treffen unseren Informanten. Bazar, Choychona 'Chinor', 16 Uhr. Unser Mann sieht aus wie dieser Sportreporter, Waldi Hartmann. Er wird 'Lolajon, Lolajon' summen. Sie sagen 'Yulduz', setzen sich ihm gegenüber und er wird Ihnen eine CD von der Uzmanova zeigen, die er dann auf dem Tisch liegen lässt."

„Meisterhafte Übergabe." Jan ärgerte es, so verplant zu werden, und dass Kien die Fahrt nach Termez mit keinem Wort erwähnte.

„Keine Ironie, bitte. Es war schwer genug, das so einzurichten", winkte Kien ab. „Hauptsache, wir bekommen Beweise gegen die Drahtzieher des Mords an Solde und zur

136

Verbindung zwischen den Waffenhändlern und der usbekischen Regierung." Kien deutete in Richtung Schlucht. „Kennen Sie 'In der Schlucht' von Tschechov? Das Sumpfige hier erinnert mich immer an diese deprimierende Geschichte. Das Böse siegt einfach ... Das Gefühl, das man am Ende hat -, sowas hat mich damals zu unserm Verein gebracht."

Sie gingen zum Wagen zurück.

„Und? Was war es bei Ihnen?" Kien sah ihn aufmerksam an. „Ich weiß es -", machte er es spannend, „ - James Bond!" Kien lachte.

Jan wand sich. „Kindisch -", mehr fiel ihm nicht ein.

„Was ist denn los mit Ihnen?"

Jan murmelte, dass es momentan nicht rund laufe.

„Erst wer unglücklich geliebt hat", ließ Kien leichthin fallen, „weiß, was Lieben bedeutet."

„Ich weiß nur eins: Behalten Sie Ihre Weisheiten einfach für sich."

„Ich finde Sie sympathischer so."

„Na toll."

„Nehmen Sie morgen früh ein Taxi, kein offizielles, halten Sie einfach einen Wagen an", wechselte Kien in den Befehlston. „Achten Sie auf eventuelle Verfolger."

Schweigend fuhren sie zurück. Jan ließ sich in die Nähe der Straße, in der Dina und ihre Mutter wohnten, absetzen. Schließlich fand er die Adresse in einem Wohnblock von Plattenbauten und schaute an einer Fassade hoch. Dort oben musste es eine der Wohnungen sein. Vielleicht der Balkon mit den Topfpflanzen. Einige der Anwohner musterten ihn misstrauisch. Er klingelte. Niemand öffnete. Vom Hof sah er hinauf. Keine Bewegung hinter den Fenstern dort oben. Er setzte sich auf ein verrostetes Spielplatzraketengestell und wartete. Das Schreien der Mauersegler hallte zwischen den Häusern wider. Jan trafen immer wieder unfreundliche Blicke, bis es ihm zuviel wurde und er ging. Zu Fuß durch den Staub, zu dem die Stadt aus Stein zerfiel. Er wusste, dass ihm eine unruhige Nacht bevorstand. Nichts zog ihn in seine Wohnung, aber er war müde und wohin hätte er gehen sollen?

Als er seine Tür aufschloss, stellte er sich vor, wie die Abhörenden über Kopfhörer seinen Schritten lauschten, dem Plätschern des Wassers, dem Zischen des Gases, dem Klirren von Geschirr … Allein bin ich immerhin nicht, dachte er, und musste lächeln. Dann aber begann das Hin und Her seiner Gedanken: Bilder von Dina leuchteten auf, sexy wie das große Werbe-Pin-up-Girl in 'Blade Runner', alle anlächelnd, posierend, Worte flüsternd, die er nicht verstand, in beunruhigendem Wechsel mit Bildern von Anna , eingefrorenen Erinnerungen, die in der Hitze auftauten, weich wurden, sich zu bewegen begannen. Dazu der wichtige Auftrag morgen, die Fahrt, das Beobachten, das Versteckspiel …

Gegen Mitternacht schaltete er den CD-Player an. Und während 'Smooth operator' lief, stellte er sich vor, wie er und die Abhörexperten Sadés softer Stimme lauschten.

Als er am nächsten Morgen nach ein paar Taxiwechseln endlich in einem Auto nach Samarkand saß, spürte er den Schlafmangel als nervöse Empfindlichkeit. Der Geruch der Duftpappe, die am Innenspiegel baumelte, machte ihm zu schaffen. Schließlich bot er dem Fahrer 500 Sum, wenn er das Ding rausschmeiße. Der Fahrer hielt, packte die Pappe in den Kofferraum, nahm wortlos das Geld und fuhr weiter.

Von Samarkand aus dauerte die Fahrt nach Urgut noch einmal eineinhalb Stunden. Er ließ sich gar nicht erst in die Stadt hineinfahren, er hatte genug staubige Provinznester gesehen, sondern stieg im Norden vor der Stadt am großen Bazar aus. Hier wurden vor allem Teppiche verkauft und mit

Schlingpflanzenmotiven bestickte Dinger, manchmal waren's auch große rote Kreise. Ansonsten gab es die typischen Stände, das Gewusel, die müffelnden Klamotten. Gut, dass es Zigaretten- und Schaschlikrauch gab und dass die Plowtonnen dampften.

Nun lief er schon eine Viertelstunde über den Markt und hatte die verdammte Teeküche immer noch nicht gefunden. Seine Nervosität stieg gerade, als er endlich das Wort 'Chinor' auf einer großen Markise las. Im Schatten darunter saßen die Leute an Plastiktischen. Er musterte die Essenden, sah, wie sich Blechzähne in gegrillte Leber schlugen, Zwiebeln nachgeschaufelt und Fladenbrote zerteilt wurden, sah zufrieden Kauende und plötzlich gefiel ihm das alles, mit einem Mal gehörte er dazu. „Lolajon", hörte er da jemanden direkt vor sich mit heiserer Stimme summen, es war ein Mann mit Schnauzbart. „Yulduz." Jan setzte sich an den Tisch. Seine Nervosität sank. Als er jedoch sein Gegenüber anschaute, erschrak er. Dessen Augen waren weit aufgerissen und starrten ins Leere, der verzerrte Mund schnappte jetzt nach Luft, ein Rasseln kam aus dem Hals, mit klauenartiger Hand wühlte der Mann in der Innentasche seines Jacketts, Schaum trat zwischen seinen Lippen hervor, scheppernd fiel eine CD auf den Tisch, dann sackte er auf den Tisch. Schnell nahm Jan die CD an sich und wollte schnell weggehen, doch eine Traube von Männern stand um den Tisch herum und kümmerte sich laut rufend um den Notfall. In dem Moment, als Jan aufstand, spürte er einen Stich im Oberarm. Sofort wurde ihm schwindlig, er versuchte um Hilfe zu rufen, brachte aber nur Grunzer hervor. Nun packte man ihn unter den Schultern und schleifte ihn durch die schreiende Menge. Der blaue Himmel sackte plötzlich nach unten und vor dunklen Jacketts zog eine silberne Sonne ihre Bahn und verschwand.

139

Nous nous aimions
le temps d'une chanson[20]

Kien hatte gerade das Haus verlassen, um Xenia zu treffen, als drinnen das Telefon klingelte. Unschlüssig blieb er stehen. Er hasste das Telefonieren. Sich selbst aufzudrängen kam für ihn gar nicht in Frage und Anrufe kamen immer zur Unzeit. Dieses dringliche Klingeln, von dem man nie wusste, wann es aufhören würde. Auch der Apparat selbst war ihm zuwider, insektenähnlich, und außerdem abgehört. Andererseits konnte es Jakob sein, der endlich sein verstimmtes Schweigen ihm gegenüber aufheben wollte. Wie viele Male hatte Kien seit jenem betrunkenen Abschied versucht, ihn in München zu erreichen, höchstens jedoch seine Ex-Frau den Satz 'Er möchte dich nicht sprechen' sagen hören - und dann das Klack in der Leitung. Oder war es Xenia, die ihm absagen musste? Immer noch klingelte es. Widerwillig und voller schlechter Vorahnungen schloss er die Tür wieder auf, ging zum Apparat und nahm den Hörer ab.

Der Botschafter teilte ihm mit, sein Mitarbeiter Herr Werder sei in Urgut entführt worden. Die zuständigen Behörden hätten ihn gerade informiert.

Leise vor sich hinfluchend wählte Kien Xenias Nummer und sagte ihr, dass es mit dem Treffen heute nichts werde, er habe dienstlich zu tun. Erst als er aufgelegt hatte, fiel ihm auf, wie kurzangebunden er gewesen war. Aber jetzt war keine Zeit für solche Überlegungen.

Er fuhr zur Botschaft. Dr. Liemer zeigte sich betroffen, konnte ihm jedoch kaum weitere Einzelheiten nennen, abgesehen vom Umstand, dass zur gleichen Zeit ein

---

usbekischer Geschäftsmann auf dem Bazar unter bislang ungeklärten Umständen zu Tode gekommen sei. Als der Botschafter geendet hatte, sah er Kien fragend an. „Können Sie mir dazu etwas sagen."

Kien sprach von einer Operation im Zusammenhang mit Fragen zum Geldfluss deutscher Subventionen. Dr. Liemer nickte nur und entließ ihn.

Durch die Stadt fahrend dachte Kien fieberhaft darüber nach, wie er etwas über die Entführung herausfinden konnte. Er entschloss sich, nicht nach Urgut zu fahren. Vor Ort würde er kaum Hinweise auf den Verbleib Werders finden. Er musste anders vorgehen. Quellen anzapfen, herausfinden, wie die Information durchgesickert war und diesem Weg nachgehen. War vielleicht er selbst die Schwachstelle gewesen? Immer wieder grübelte er über Xenia nach. War sie auf ihn angesetzt? Oder – mit oder ohne Xenias Wissen - Dina? Hatte er Xenia gegenüber Urgut erwähnt? Hatte etwas zuhause auf seinem Schreibtisch gelegen, aus dem auf diesen Treffpunkt hatte geschlossen werden können? Ein beiläufiger Hinweis auf den Ort konnte unter Umständen schon gereicht haben. Wie unvorsichtig er gewesen war! Kien fühlte sich scheußlich dabei, aber es blieb ihm nichts anderes übrig, als zuerst einmal Xenia auf den Zahn zu fühlen. Eine direkte Befragung war natürlich kontraproduktiv und eine Beschattung kam zu spät. Aber er musste sie treffen und sehen, wie sie sich in Bedrängnis verhielt. Als geübter Beobachter traute er sich zu, nahezu jede Lüge und jegliche professionelle Schulung eines Gegenübers zu erkennen.

Zuhause rief er Xenia an und entschuldigte sich zunächst einmal für den brüsken Ton, in dem er ihr Treffen abgesagt hatte. Als er vorschlug, sich heute doch noch zu treffen, spürte er ihr Zögern. Er musste sie überreden, denn er brauchte Klarheit - so schnell wie möglich. Also versuchte er es mit ein wenig Leichtigkeit. „Du erkennst mich an der großen Zuckerwatte, die ich in der Hand halte."

Sie schwieg.

„Um halb acht an der verabredeten Stelle. Ich muss dich sehen."

Sie zögerte immer noch.

„Wenn du dich verspätest, klebt die Zuckerwatte an meinem Kinn ..."

„Und du siehst aus wie der alte Tolstoj", sagte sie und legte auf.

Kien wusste, dass er es geschafft hatte. Es blieb nicht viel Zeit und er begann sofort, alle Papiere im Haus, insbesondere die auf seinem Schreibtisch, unter dem Gesichtspunkt durchzugehen, ob sie verräterische Informationen preisgaben.

Unter hohen dornigen Gleditschien, in denen die langen ledrigen Samenhülsen hingen, saß Kien eine Stunde später im Navoi-Park auf einer Bank und wartete. Er beobachtete ein Liebespaar, das ihm Händchen haltend gegenübersaß. Beide schauten schweigend vor sich hin, schienen sich aber nicht zu langweilen.

Durch das grelle Flimmern der Luft sah er Xenias venezianisch roten Haare schon von Weitem: Sie schleckte ein Eis, schlenderte mit weichem Hüft- und leichtem Busenhüpfschwung. Sie ließ sich Zeit. Er verstand das als eine Art von Zeichen, dass sie unabhängig von ihm war. Schließlich blieb sie vor ihm stehen, als sei sie überrascht, er stand auf, sie gab ihm keinen Kuss.

„Gehen wir ein paar Schritte", bestimmte sie.

Ihre Schatten wanderten ihnen voraus. Deren Scherenschnitt-Schwärze bot Kiens angestrengten Augen die einzige Möglichkeit der Erholung vom gleißenden Licht überall. Er schaute kurz auf Xenias spiegelnde Sonnenbrille.

„Was willst du?", fragte sie.

Das fing nicht gut an, dachte er. Irgendwie musste sie gespürt haben, dass er bestimmte Absichten verfolgte. Um sich zu entschuldigen, erzählte er erst einmal von der Entführung Werders.

„Das tut mir leid", sagte sie knapp.

Sie schien von der Nachricht wenig überrascht zu sein, stellte keine Fragen, war aber gleichzeitig angespannt. Auch ihre Stimme kam ihm fremd vor, als sie sich ihm zuwandte – sein verzerrtes Spiegelbild im Braun ihrer Brillengläser - und sagte:

„Was willst du von mir?"

„Ich wusste gar nicht, dass du so anstrengend sein kannst", murmelte Kien.

Sie verschränkte die Arme. „Also?"

„Hast du irgendjemandem gegenüber fallenlassen, dass ich nach Urgut fahre?"

„Wofür hältst du mich?"

„Ich muss alle Möglichkeiten ausschließen", versuchte Kien, sie zu beschwichtigen.

„Und da fängst du bei mir an und tust, als wär's ein Rendezvous?", rief sie.

Kien wand sich. „Ist es doch auch", sagte er lahm.

„Nennst du alle deine Verhöre 'Rendezvous'?" Xenia verzog ihren Mund geringschätzig.

Jetzt wurde auch Kien wütend. „Antworte einfach."

„Das ist ein Scherz! Du verdächtigst mich? Du glaubst, ich wäre so unvorsichtig? Kind einer Familie von schikanierten russischen Juden, die auf jedes gesagte und geschriebene Wort achten mussten?"

„Ist ja gut."

„Nein, nichts ist gut! Alles ist kaputt. Und du kapierst es nicht mal. Du denkst darüber nach, ob ich mit Waffenhändlern zusammenarbeite. Oder dem usbekischen Geheimdienst. Oder mit beiden."

„Ich …"

„Nein! Bei dir gibt's kein Ich! Das ist alles die Firma. Du bist nämlich nichts andres als das, was du angeblich so hasst: ein Apparatschik. Einer, der gerade nichts anderes im Kopf hat, als seine Listen abzuarbeiten."

Kien schwieg und ertappte sich tatsächlich dabei, wie er Listen im Kopf durchging.

„Sag was! Gleichst du jetzt meine Reaktion mit Verhaltensmustern von Verhörten ab." Xenia äffte Kiens etwas schnarrende Stimme nach: „Emotionalität? – angemessen? Warum? Warum nicht? Mimik, Haltung, Gestik, Sprache, Ton. Argumentation? - Improvisiert? Vorbereitet? Warum? Warum nicht? Zu komplexe Kausalverknüpfungen, zu wenig Unnötiges ..."

Kien unterbrach sie: „Das ist nunmal so."

„Und das ist alles, was du zu sagen hast?"

„Beruhige dich."

„Ich will mich aber nicht beruhigen!"

„Dann hör einfach zu. Anstatt selbst nach Urgut zu fahren, habe ich meinen Mitarbeiter das Ganze machen lassen. Ich bin verantwortlich, verstehst du? Ich hab ihn da reinmanövriert und muss ihn wieder rausholen. Wenn er überhaupt noch am Leben ist. Und für die Drama-Queen hab ich einfach keine Zeit."

„Ah! Jetzt zeigst du endlich mal dein wahres Gesicht! Und? War's das?"

„Nein." Er musste die Frage stellen. „Kann es Dina gewesen sein?"

Das verschlug ihr die Sprache. Sie sah ihn einfach an, schutzlos und traurig, Tränen traten ihr in die Augen. Dann wandte sie sich ab und ging.

Während Kien hinter Xenia hersah, dachte er darüber nach, ob sie gelogen hatte. Erst als sie hinter der Kuppe eines kleinen künstlichen Hügels verschwunden war, fühlte er

144

etwas, ging hinter ihr her, konnte sie aber in der Menge am Ausgang des Parks nicht entdecken. Vielleicht war sie in Richtung des Navoi-Denkmals gegangen – oder aber zu den Mückenteichen? Kien musste aufgeben. Verschob den Versuch einer Versöhnung vorerst. Jetzt hieß es, Leuten auf die Nerven zu gehen, wichtigen Leuten. In den Ministerien war um diese Zeit niemand mehr. Er beschloss, einen ungewöhnlichen Zug zu machen.

Die Straße zur Villa des Ministers war gesperrt. Kien setzte das Auto zurück und parkte um die nächste Ecke. Dann ging er zu den Polizisten und zeigte ihnen seinen Ausweis. Er sagte, er habe einen Termin. Sie ließen ihn durch.

Am Tor sagte er seinen Namen in die Gegensprechanlage und behauptete wieder, er sei angemeldet. Während er wartete, schaute er in die Kamera, die oben auf der Mauer angebracht war. Schließlich sagte die blecherne Stimme, er habe keinen Termin und der Minister sei außer Haus. Kien fragte, ob er eine Nachricht hinterlassen könne. Nein, wurde brüsk geantwortet. Kien sah noch einmal in die Kamera und sagte laut 'Werder', die Rs russisch rollend, 'Jan Werder'. Die Sprechanlage knackste mehrfach, offenbar sollte sie abgeschaltet werden, Kien hörte eine Stimme, die Anweisungen gab.

Langsam ging er wieder auf den Schlagbaum zu. Die Polizisten ließen ihn passieren.

An der nächsten Straßenecke stieg Kien in sein Auto und fuhr ein paar Blocks weiter zu einer anderen Villa. Etwa einhundert Meter von seinem Ziel stieg er aus und bezog einen Posten im Schatten eines Maulbeerbaums. Den großen schwarzen Fleck zu seinen Füßen musternd, zündete er sich eine Zigarette an und schaute wie zufällig zu dem weißen Haus am Ende der Straße hinüber. Dort tat sich nichts. Das war zu erwarten gewesen, es war nicht genug Zeit vergangen.

Das Ganze war ja auch nur ein Versuch, den Gegner zu unüberlegten Handlungen zu veranlassen. Kien sah dem Rauch nach, der im Schatten unter den Blättern nach oben stieg und dann gegen den strahlend blauen Himmel unsichtbar wurde ... die Wolken, ja die Wolken würde er vermissen ... und Xenia ...

Seine Ohren dröhnten vom Zikadengeschrammel, die Luft flimmerte, so dass die Häuser der Reichen samt ihrer Gartenmauern wackelten, er schwitzte stark und ihm wurde schwindlig, es war zu heiß. Ein Tor öffnete sich und ein schwarzer Jeep fuhr auf die Straße. Der Fahrer wartete, bis sich das Tor hinter ihm wieder schloss und Kien sah, dass es Filanov, der Berater des Ministers war. Kien ging schnell zu seinem Auto, aber nicht so schnell, dass er auffiel, - Filanov war geheimdienstgeschult – und folgte dem Ministerialbeamten. Der schnieke Spin-Doktor sowjetischer Schule fuhr nur wenige Blocks bis – Kien war nicht wirklich überrascht – zum Minister. Nachdem Filanov den Kordon passiert hatte, wurde es allerdings unangenehm für Kien, denn einige der Milizionäre kamen zielstrebig auf ihn zu. Schnell legte er den Rückwärtsgang ein und fuhr davon. Während er in Richtung des Chilonzor Distrikts fuhr, dachte er nach. Das Ganze war Zeitverschwendung gewesen. Dass Filanov mit dem Minister zusammenarbeitete, war ja keine Neuigkeit. Durch Beschattung war da jedenfalls nichts herauszuholen. Filanov würde ihn nie zu jemandem führen, der etwas verraten konnte. Wozu gab's Telefon? Filanov brauchte ja keine Angst davor zu haben, abgehört zu werden, denn wenn abgehört wurde, dann ja von Filanov selbst. Kien fühlte, wie die Wut, die sich schon lange in ihm aufgestaut hatte, einen Weg suchte. Plötzlich erschien ihm die Situation wie eine große Leinwand, vor der er stand und wählen konnte, was er als nächstes tat. Es brauchte Drastik, dunkle Töne, dunkles Rot. „Gebt mir meinen Werder wieder", summte er und merkte, wie

146

sehr er neben sich stand. Aber es war ihm egal –, genauso wie seine durchgeschwitzte Hose, die, als er ausstieg, sicher so aussah, als habe er eingenässt. „Scheiß drauf", murmelnd ging er die Straßen voller Prostituierter entlang, wissend, dass Werder, viril wie er war, diese Wege langgewatschelt war. Plötzlich erinnerte er sich, dass ihm von irgendjemandem aus dem Botschaftsumfeld vor einiger Zeit ein Nachtclub namens Scheherazade hier in der Gegend empfohlen worden war. Vielleicht war es Werder ähnlich ergangen. Er fragte ein paar herumlungernde junge Männer. Grinsend zeigten sie die Straße hinunter.

'Шехеразада' – rotglühende Leuchtbuchstaben über einem von Säulen gestützten Portal. Der Türsteher am Eingang ließ ihn hinein. Kien ging zur Bar, setzte sich auf einen Hocker und bestellte ein Bier. Während er daran nippte, musterte er den Raum. Auf der Tanzfläche drehte sich ein Paar versunken im Kreis, große Vorhänge hingen tief über Alkoven, in denen Dekolletees und Champagnergläser aufleuchteten. Das Interieur versetzte ins zaristische Russland vor der Jahrhundertwende. Die Zeit schien zurückgedreht. Kien sah Werder zwar eher in einer Art Pulp Fiction Bar, beschloss aber nachzufragen. Am anderen Ende des Tresens saßen zwei Frauen vor Drinks. Er ging hinüber. Den misstrauischen Blick des Barkeepers spürend, sprach er die beiden Russinnen so an, als wolle er sie zu einem weiteren Drink einladen, legte aber dabei, für den Barkeeper verdeckt, das Foto Werders, das er dessen Personalakte entnommen hatte, vor sie hin. Sofort stand eine der Frauen auf, sah ihm in die Augen und schien zu erschrecken. Sie war sehr schön, dunkelhaarig und einen Kopf größer als er, legte einen Arm um ihn und zog ihn mit auf die Tanzfläche. Dort bewegten sie sich eng aneinandergedrückt zu einem alten Hit, Kiens Kinn berührte ihre kühle Schulterkuhle.

„Ich habe gefühlt, dass etwas passiert ist", flüsterte sie. In ihrem Atem lag der süße Geruch von Haschisch. „Hab mich vorhin erkundigt. Ein Mädchen aus'm Regierungsbordell hat von nem betrunkenen Stammkunden namens Sergej erzählt, der sich gebrüstet hat, einen Deutschen zu schnappen." Sie sprach etwas undeutlich und immer hastiger, so als liefe ihre Zeit ab. „Der Typ ist heut Nacht wie immer auf nem Herrenabend, bevor er dann zum Mädchen kommt. Das Restaurant heißt 'Gul', sagt sie, am Burdzhar-Kanal."

„Warum hat sie das alles erzählt."

„Sie ist ne Romantikerin ist und ich hab ihr gesagt, dass ich Jan liebe. - Außerdem hasst sie den Freier."

„Wie erkenne ich ihn?"

„Russe, mittelgroß, blond, wellige Frisur, Vorname ist vielleicht falsch." In ihren Augen spiegelte sich der Kronleuchter als glühende Weinrebe.

Kien sah, dass es ihr egal war, wie gefährlich es war, was sie machte. Gerade wollte er sie fragen, warum sie erschrocken war, als sie ihm ins Gesicht gesehen hatte, als das andere Mädchen auf die Tanzfläche kam und ihr etwas ins Ohr flüsterte.

Sofort schaute sie schnell zur Bar und ließ Kien los. Sie setzte ein Lächeln auf und ging auf einen elegant gekleideten Mann zu, den eine Aura von Macht und Kälte und einige plattgesichtige Leibwächter umgaben. Kien sah, wie sich die Hand des Mannes tief auf ihren Rücken legte. Graumelierte Schläfen, blau schimmernde Kinnpartie, Besitzerstolz, zurückgehaltene Kraft ... Der stechende Blick der schwarzen Augen, der Kien traf, machte deutlich, dass er unerwünscht war. Ohne noch einmal hinzuschauen, verließ Kien das Revier des Silberrückens.

Das letzte Stück ging er zu Fuß. Das 'Gul' war ein mit Girlanden verzierter, langgestreckter Holzquader, der mit einer Längsseite über den Kanal ragte. Rechts neben dem Eingang war der Küchenbereich, in der Mitte befand sich der 'Saal'.

148

Zwei Türen führten auf die Veranda und linkerhand gab es eine Tür zu den Toiletten. Von draußen drangen Satzfetzen betrunkener Männer herein. Wie er erwartet hatte, war die Veranda der geschlossenen Gesellschaft vorbehalten, denn dort wehte eine kühlende Brise vom schnell fließenden Wasser herauf. Er wurde durch den leeren Saal geführt und wählte einen Platz in der Nähe der WCs. Strategisch günstig, in einem toten Winkel hinter einem Pfeiler. Draußen spottete jemand aggressiv, weil ein anderer zögerte anzustoßen ... Eine Stimme kam ihm bekannt vor, aber er konnte sie nicht zuordnen. Während er kalten Borschtsch löffelte, wurde klar, dass sich die Männergesellschaft exklusiv Plow kochen ließ. Danach war ein gemeinsamer Bordellbesuch geplant. Kien musste an bürgerliche Rituale um die Jahrhundertwende denken, an Väter, die ihre Söhne mit ins Bordell nahmen, die dann gleich beim ersten Mal die Syphilis bekamen und, mit Quecksilber behandelt, erst die Haare und dann die Zähne verloren. Ein stark Angetrunkener beschwerte sich jetzt bei der Kellnerin, dass der Koch so lange brauche. Sie wurde mit einem Schlag auf den Po entlassen, Kien hörte das Klatschen, den Aufschrei und sah das weinende Mädchen zur Küche laufen. Gleichzeitig wurden auf der Veranda zotige Witze gerissen. Der Mann, dessen Stimme Kien zu kennen meinte, schwieg jedoch.

Kien hörte die Schritte erst im letzten Moment und schaute auf seinen Teller, um sicherzustellen, dass man sein Gesicht nicht sah: kaltes Rote-Bete-Rot. Er wartete, bis der Mann vor der Tür war, die zu den Toiletten führte, und blickte auf. Ein mittelgroßer Mann mit aschblonder Wellenfrisur verschwand hinter der Tür. Kien folgte ihm, öffnete lautlos die Tür, hörte das Plätschern des Urins in einer der beiden Kabinen. Er postierte sich vor einem Perlenvorhang am Ende des Raums, durch den man, wie er mit einem Blick feststellte, auf eine Art Trittbrett über dem Kanal gelangte, das von der

Veranda aus nicht zu sehen war.

Das Plätschern stoppte. Er machte sich bereit. Als der Mann aus der Kabine trat, klemmte Kien ihm blitzschnell von hinten den Hals so hart ein, dass er mit zugedrücktem Kehlkopf nicht schreien konnte. Gleichzeitig gab er ihm mit der linken Faust einen Leberhaken. Der Mann sackte nach vorn und Kien hielt ihn so am Hals, dass er ihm mit einem Ruck das Genick brechen konnte. Die letzte Auffrischung in Nahkampftechnik lag zwar Jahre zurück, aber Kien war immer gut darin gewesen. Er zog den Mann, der nach Parfum roch, vor den Spiegel und erschrak, als er das verzerrte, blau angelaufene Gesicht Tvoludins erkannte. Tvoludin schien ebenfalls zu erschrecken, als er ihn sah, versuchte zu lächeln, stieß sich dann jedoch plötzlich mit voller Kraft vom Boden ab, trat mit seinen Hacken gegen Kiens Schienbeine und rammte ihm die Ellenbogen in die Rippen. Kien aber hatte mit Gegenwehr gerechnet und konnte ihn halten, indem er ihn gegen das Waschbecken presste. Gleichzeitig erhöhte er den Druck seiner Armzwinge. In Tvoludins Röcheln hinein zischte er „Wo ist er?" und sah ihm dabei in die weit aufgerissenen Augen, in denen schon einige Adern geplatzt waren. Kien spürte Knorpel knacken und sah, dass Tvoludin Worte formen wollte. Zugleich wurden dessen Versuche sich zu befreien zu Zuckungen. Kien sah in Tvoludins Gesicht. Sicher nur ein angeworbener Informant, aber er konnte ihn nicht leben lassen, das wusste auch Tvoludin, klammerte sich aber im Kampf gegen den Tod an die Hoffnung, die gemeinsame Arbeit, die Zigarettenpausen, das geteilte Lachen. Er formte ein Wort, konnte es aber nicht mehr behauchen. Kien gab ihm ein winziges bisschen Luft. Tvoludin krächzte „Yukary". Kien hatte den Namen in Verbindung mit den Nurata-Bergen gehört, das reichte, und er erhöhte den Druck, um zum Ende zu kommen. Er fühlte, wie Tvoludin das Leben verließ, und es war scheußlich. Sein eigenes Gesicht im Spiegel war das eines die Zähne bleckenden Alten, während sich Tvoludins Gesicht entspannte und zu dem Gesicht wurde, das er als junger Mann gehabt haben musste. Fast faltenlos mit einem Rest Babyspeck um die Bäckchen. Das Zucken wurde sanft, so als schlafe ein Kind ein. Dann war es aus.

Kien schleifte den Getöteten durch den Perlenvorhang, zerrte seinen Gürtel aus der Hose, legte ihn um den Hals des Toten und ließ den Körper langsam in den Kanal hinunter. Ein lautes Platschen des Leichnams ins Wasser wäre den Männern nebenan aufgefallen. Mit einem leise schmatzenden Geräusch schluckte das Wasser den Toten und trieb ihn vom Restaurant fort. Kien wusch sich schnell und ging zur Küche, in der das Mädchen immer noch weinte, zahlte und ging.

Einige hundert Meter weiter setzte er sich in sein kochend heißes Auto, schaute auf die Karte, fand Yukary Shava in den Nurata-Bergen und fuhr los - „Scheiße, Scheiße, Scheiße" vor sich hin fluchend.

21

Ungeschriebene Lieder, wie viele bleiben mir noch?
Sag's, Kuckuck, ruf's. [21]

Geruch von Benzin, beißend … Jan wachte geknebelt und gefesselt auf. Seine Augen waren verbunden und er war schweißnass. Er lag hinten in einem fahrenden Auto, vorn sprachen zwei Männer Usbekisch und Musik lief. Sein Mund brannte wie Feuer. Sie hatten ihm einen Lumpen hineingesteckt, mit dem sie Benzin wegwischten. Jan würgte, schnaufte, er bekam wenig Luft. Dann merkte er, dass er durch die Augenbinde eine Lichtquelle erahnen konnte – das musste die Sonne sein. Mit der Zeit wurde ihm klar, dass der gräuliche Fleck in der Schwärze leicht rechts zur Fahrtrichtung und etwa in einem 50 Grad Winkel stand. Aber was hieß das? Es fiel ihm schwer nachzudenken, Kopf und Knochen taten weh. Vielleicht konnte er etwas über die Fahrer herausfinden. Bisher wusste er nur, dass sie offenbar gern Popmusik hörten und dass zumindest einer stark nach Schweiß roch. Vielleicht konnte er sie zu aufschlussreichen Reaktionen verleiten, wenn er ihnen auf die Nerven ging. Also beschloss er, sich zu winden und zu stöhnen.

Plötzlich sah er Anna vor sich, am Meer, glücklich lachend, die langen blonden Haare wirbelten im Wind, nein, sie tanzte zu Musik, wild, zu einem ihrer Lieblingssongs, kam auf ihn zu, küsste ihn, ihre Zunge schmeckte nach Zimt und …

… Benzin. Jan kam mit stark schmerzendem Kopf zu sich, er spürte und roch, dass ihm Blut über die Stirn, durch die Augenbinde ins Gesicht gelaufen war, der Beifahrer musste ihn bewusstlos geschlagen haben. Unglücklich hatte er sie

---

21 Viktor Zoj: Kukuschka

gemacht. Bis sie … Jan zwang sich, über die Lage nachzudenken, er konnte so etwas, er hatte so etwas immer gekonnt, sie bewegten sich in Richtung Nordnordwest, es war nach 18 Uhr, die Straßen waren schlecht und wurden schlechter, sein Kopf knallte wegen der Schlaglöcher immer wieder auf die Ladefläche. Wenn die Entführer gleich nach dem Giftmord gestartet waren, hatten sie etwa 100 Kilometer zurückgelegt.

Jetzt hielten sie, setzten vor und zurück, fluchten, fuhren ein kleines Stück, hielten wieder. Stiegen aus. Es geht zuende, dachte er. Nein, er hörte, dass sie weggingen. Nach etwa 10 Minuten kamen sie wieder. Zerrten ihn raus, er roch frische Luft, wie in den Bergen mit Natalja, und hörte einen Bach rauschen. Jetzt würden sie ihn töten. Nein, sie setzten ihn auf ein Reittier und schrien jemanden an, loszugehen. Dann ging es bergaufwärts. Niemand sagte ein Wort.

Etwa eine halbe Stunde später rissen sie ihn vom Esel, er hatte die Tiere am Ruf erkannt, stießen ihn in einen stickigen Raum und ketteten ihn dort an. Eine Tür schlug zu und wurde verschlossen. Jan versuchte, den Knebel auszuspucken, aber wieder gelang es ihm nicht. Sein Atem ging pfeifend durch die Nase. Also erschlugen oder erschossen sie ihn nicht gleich. Vielleicht würden sie ihn verhören und zur Erpressung benutzen. Und dann erschlagen. Er spürte, dass ihm Insekten über das Gesicht und den Körper liefen und bissen, etwas Größeres, Schwereres, das sich in seinem Nacken bewegte, wollte er verscheuchen, indem er seinen Kopf schnell gegen die Wand presste, überlegte es sich aber anders, denn es konnte ein Skorpion sein. Es blieb nichts anderes übrig, als still dazusitzen, den eigenen Körper zu verlassen. Warum hatten sie ihn entführt? Sie wussten, dass er nichts wusste, hatten die Nachricht ja abgefangen.

Annas Haare umfingen ihn, legten sich über seine Augen und in Schlaufen um seinen Hals, erstickten ihn …

Jemand zog ihm den Knebel heraus, eine Frau flüsterte ein paar Worte und hielt ihm eine Schale Wasser an die aufgesprungenen Lippen. Jans Mund war ausgetrocknet, die ersten Schlucke schmeckten nach Benzin. Die Frau kroch fort. Er war also in einer niedrigen Kammer. Während er die Bisse der Ameisen über sich ergehen ließ, dachte er wieder darüber nach, wohin sie ihn gebracht hatten, aber er kannte Usbekistan zu wenig. Welche Berge lagen 100 km nördlich von Samarkand? Er rieb den Kopf an der Wand und die Binde rutschte ein wenig herunter, so dass er etwas sehen konnte. Im Dunkel schienen die Wände zu glänzen, sie waren feucht, vielleicht aus Gips. Wenn er die Augen schloss, wurde es seltsamerweise heller, dann sah er Lichtpunkte, die wie Glühwürmchen durch die Schwärze schwebten. Draußen schrillten die Zikaden, als seien sie irre, und er konnte das metallische Schnalzen von Fledermäusen hören.

Es war kühl geworden und er zitterte. Immer wieder fiel er kurz in den Schlaf und träumte von Anna, Dina, Dina und Anna, die sich ineinander verwandelten. Anna erstarrte wie eine Raupe, verpuppte sich und aus der Hülle kroch Dina hervor. Die bald darauf starb. Anna und er gingen zu ihrer Beerdigung.

Irgendwann hörte er Vogelgesang – vielleicht eine Nachtigall. Seine Zähne klapperten und er dachte daran, dass dies immer so gewesen war, wenn er als kleiner Junge im Schwimmbad zu lang im Wasser geblieben und dann zähneklappernd zur warmen Dusche gelaufen war. Die blauen Lippen der anderen …

Der Morgen dämmerte, er sah das an kleinen Lichtstrahlen, die durch Ritzen der Tür fielen. Jetzt sah er, wie klein der Verschlag war, in dem er saß. Er hatte starken Durst und verlangte krächzend nach Wasser. Niemand antwortete. Es gelang ihm an der feuchten Wand zu lecken und es half etwas.

Endlich öffnete sich die Tür und die Frau brachte ihm eine

Schale Sauerquark, den sie ihm einflößte. Er sah ihr Gesicht aus der Nähe, den ängstlichen Blick, das Weiß ihrer Augäpfel, sie murmelte ein paar beruhigende Worte, was sie sicher nicht durfte. Fast stiegen ihm Tränen in die Augen, einfach weil jemand freundlich zu ihm war. Sie ging, ihre Füße mit klobigen braunen Schuhen waren das Letzte, was er von ihr sah.

Wer waren die Entführer? Nur höchste Kreise wagten sich an einen Ausländer mit Diplomatenstatus heran. Was wollten sie? Geld verdienten sie sicher genug mit ihren Geschäften. Es konnte ihnen nur darum gehen, ungestört so weitermachen zu können wie bisher. Sie würden einen Schuldigen für den Mord an Solde vorschieben, den Deutschland, das natürlich offiziell nicht erpressbar war, akzeptieren würde, um ihn zu befreien.

Allein kam er hier nicht raus. Er konnte versuchen, das Vertrauen der Frau zu gewinnen, so dass sie hier etwas hereinschmuggelte. Aber er hatte gesehen, dass sie zuviel Angst hatte. Während er die wenigen Möglichkeiten durchging, alle nichtig, tauchten Bilder von Annas Gesicht in seinem dröhnenden Kopf auf: lächelnd, schlafend, weinend, tot – in nicht vorhersehbarer Reihenfolge. Er versuchte, sich bewusst an Einzelheiten zu erinnern, aber er konnte den Schauer von Bildern, der auf ihn herniederging, nicht stoppen, bis er einschlief. Geruch von Erde ...

22

Come all ye young men and lay me down[22]

Die Nacht war schwarz, kein Mond am Himmel, die Straße voller Schlaglöcher. Kien fuhr sehr schnell, so flog er über die Löcher, hoffte er. Der Wagen war ihm egal, alles war ihm egal, er musste sein Ziel so schnell wie möglich erreichen, das war alles. Große Insekten prallten gegen die Windschutzscheibe. Der Lada knallte mit einem der Vorderräder auf den Rand eines Schlaglochs. Jetzt war unregelmäßig ein dumpfes Geräusch zu hören, es hatte wohl den Stoßdämpfer erwischt. Da war nichts zu machen.

Eine halbe Stunde später hielt er kurz, schaltete den Scheinwerfer aus und rauchte eine schnelle Zigarette. Er merkte, dass seine Hände zitterten. Das war der Entzug, also nahm er sich eine der Flaschen mit inzwischen warmem Bier, die auf dem Beifahrersitz lagen und die er noch in Taschkent gekauft hatte und trank sie aus. Dann setzte er sich wieder ans Steuer und fuhr weiter. Das dumpfe Geräusch war nun dauernd zu hören. Es war halb drei morgens und er fuhr seit vier Stunden. Erst auf der guten Straße Richtung Samarkand, dann westlich auf einer schlechteren nach Jizzax und jetzt schüttelte es ihn nur noch durch.

Gallorol. Sich hin und wieder an seine sprudeligen Beifahrer wendend, die Dschinns aus den grünen Flaschen, näherte er sich in einem Umweg-Zickzack den Nurata-Bergen. Er hörte die Musik aus 'Psycho', sah sich von vorn hinter der Scheibe am Steuer sitzen ...

Turkmanaul. Hop 3, Hop 4, Hop 5, wie er die knuddeligen Hopfen-linge mit dem Gerstenschopf neben sich

---

22 Van Morrison & The Chieftains: Carrickfergus

nannte, halfen ihm dabei, der Holperpiste zu folgen. Mittlerweile sprach er sogar mit ihnen, erzählte ihnen, dass seine Exfrau ihn verklagen wolle und sie munterten ihn mit bayrischen Sprüchen auf. „O'zapft is'", gab Hop 3 zum besten und Kien entspannte sich. War doch egal. Dass sein Sohn sich nicht mehr meldete, kommentierte Hop 4 mit den absichtlich wacklig gesungenen Liedzeilen „Schön ist die Jugend, sie kommt nicht mehr" und zu Kiens Sehnsucht nach Xenia fiel Hop 5 „But the sea is wide and I can't swim over" ein.

Bulakbashy. Gegen 6 - inzwischen schlug ein weiteres Rad ohne Dämpfung durch - sah er im Rückspiegel wie die Sonne spektakulär hinter ihm aufging. Schön, aber auch zum Kotzen, denn es wurde wieder heiß. Die zerklüftete Schotterpiste führte durch eine karge Berglandschaft mit Felsgestein und versengten Pflanzen. In der Ferne Bergketten. Seltsamerweise wirkte die entferntere Bergkette jeweils heller und durchsichtiger als die Berge davor, so als gebe es in der Ferne mehr Licht. Das aber stimmte ja nicht … Er sah über die leeren Flaschen auf dem Beifahrersitz hinweg in ein Tal mit baumbestandenem Bachlauf.

Naukat. Hier endete nach etwa 5 Kilometern Quälerei die Buckelpiste. Er fuhr den Lada rücksichtslos in ein dichtes Gestrüpp am Hang, quetschte sich heraus, zerrte Zweige über die Bresche, so dass man den Wagen nicht gleich sah und verwischte die Reifenspuren, so gut es ging. Dann warf er zwei Amphetamin-Tabletten ein, um wacher zu werden. Er musste ja weiter nach Yukary Shava und er brauchte Spuren. Also schaute er sich die Reifenspuren am Ende der Straße an. Sie waren breit, scharf profiliert, stammten wahrscheinlich von einer Art Landrover und führten in den Ort hinein. Er folgte ihnen, einen Karrenweg entlang, der leicht bergan parallel zum Bachlauf unter Walnussbäumen und Platanen verlief. Es war schon heiß. Ein paar Bewohner, die ihren Arbeiten nachgingen, schauten ihn neugierig an. Bald hatte er den Ort hinter sich gelassen, der Weg wurde immer schmaler, Kien keuchte. Vor einem unpassierbar gewucherten Wurzelgeflecht war der Wagen abgebogen. Er fand ihn ein paar hundert Meter weiter in einer Art Schuppen am Fuße eines Geröllhangs. Tatsächlich ein Landrover, in gutem Zustand, im hinteren Teil waren Decken zu erkennen, Seile, ein Kanister. Da hatte Werder gelegen! Vor dem Schuppen gab es Fußspuren und Hufabdrücke, Eselsdung lag auf dem lehmigen Boden. Er konnte erkennen, dass etwas Schweres zu einem Esel geschleift worden war. Er fand keine Blutspuren, prägte sich das Kennzeichen des Wagens ein. Ihm war schwindlig und erst jetzt, da er den Bach nicht mehr hörte, fiel ihm das laute Rauschen in seinen Ohren auf. Ohne Rücksicht auf die eigene Schwäche ging er wieder zum Wurzelgeflecht.

Im Schatten unter den Bäumen folgte er dem schmalen Pfad am Bach und hielt inne. Zwei Esel standen in der Nähe des Wassers und grasten friedlich. Am Ufer saß ein grauhaariger Mann, die Füße im Wasser, bequem mit dem Rücken an einen Baum gelehnt, und schnitzte an einem Stück Holz. Kien näherte sich vorsichtig und grüßte mit 'Assalaam alaikum'. Der Mann sah auf und musterte ihn mit seinen cognacbraunen Augen, gab den Gruß zurück und wandte sich wieder seiner Schnitzarbeit zu. Kien schaute auf das Messer, eins dieser usbekischen Messer mit einem durchsichtigen Kunststoffgriff, in dem bunte Plättchen glitzerten. Der Mann schnitzte einen Fisch, seelenruhig. Von ihm ging keine Gefahr aus. Kien ließ sich in der Nähe erschöpft in den Schatten sinken und fragte auf Russisch, ob er gestern oder heute Morgen Männer mit Eseln gesehen habe.

Der Mann holte eine Handvoll von Sonnenblumenkernen aus seiner Hosentasche, begann sie zu knacken, spuckte die Schalen in den Bach und schaute ihnen nach, wie sie schnell vom Wasser mitgenommen wurden. „Kann sein, kann nicht sein", sagte er.

„Also ja", kürzte Kien ab.

Der Mann sah ihn lächelnd an. Die Schlussfolgerung Kiens schien ihm Vergnügen zu machen.

„Ich will sie treffen", fuhr Kien fort.

„Ich lieber nicht."

„Die haben einen Freund entführt. Vermieten Sie mir einen Esel?"

„Können Sie denn mit Eseln umgehen?"

„Wieviel kosten denn zwei?"

„Das Doppelte."

„Und wenn Sie mich begleiten?"

„Schwierig. Ich hab was anderes vor." Der Mann kratzte sich unter seinem grünen T-Shirt.

Kien wurde ungeduldig. „Hören Sie, …Wie ist Ihr Name?"

„Khosna."

„Also, Khosna – wieviel?"

Khosna murrte, seufzte, stand auf, bückte sich und schaufelte sich kaltes Wasser ins Gesicht „Muss wohl sein", murmelte er. „Soviel wie vom Schatten einer Wolke bleibt." Ohne noch etwas zu sagen, ging er zu den zwei Eseln, sprach mit ihnen, und sie schienen zu nicken. Er winkte Kien, ihm zu folgen und führte die Esel zu einem kleinen Häuschen. Davor ließ er die Esel stehen, ging hinein und kam gleich wieder mit zwei Sätteln heraus, die er auf die Tiere legte und festgurtete. Dann verschwand er wieder drinnen und brachte zwei Taschen mit, die er an die Sättel hängte. Er klopfte den Eseln aufs Fell und streichelte ihre Ohren. „Ich hab graue Haare, Sie haben graue Haare – aber was für schöne graue Haare haben meine Eselchen? Fast wie Koalas."

„Können die auch auf Bäume klettern?"

„Nur auf Eukalyptus."

Beide lachten.

„Hier", Khosna drückte ihm ein paar getrocknete

159

Aprikosen und Feigen in die Hand. „Sie seh'n kaputt aus." Er klopfte ihm auf die Schulter und gab ihm Wasser zum Hinunterspülen. Dann half er ihm auf den Esel. „Ruhen Sie sich aus."

Langsam zockelten sie los, immer am Bach und im Schatten der Bäume entlang.

Kien merkte, dass er nicht mehr klar denken konnte. Er schaute auf die puscheligen Ohren des Esels, die hin und wieder Fliegen verscheuchten, und auf den kräftigen Tierhals und stellte sich vor, wie er seinen Kopf auf die dunkle Mähne legte. Das Hin- und Herschaukeln lullte ihn ein, seine Augen fielen zu und er schlief ein.

Als er mit starken Kopfschmerzen aufwachte, erstreckte sich um ihn herum eine grell flimmernde steinige Wüste mit Geröllhalden an den Flanken hochragender Felswände. Er zitterte und bemerkte, dass sein Begleiter - im Moment fiel ihm dessen Name nicht ein -, der vor ihm seinen Esel führte, ihm irgendwann einen Hut aufgesetzt und ein feuchtes Tuch in den Nacken gelegt haben musste.

„Ihnen geht's nicht gut."

„Wo sind wir?" Kien schätzte nach dem Stand der Sonne, dass er höchstens eine Stunde geschlafen hatte.

„Der Mann, dessen Hut er trug, zeigte auf die Flanke des Bergs zur Rechten. „Dahinter kommen wir von oben ins Tal, in dem die Männer sind."

„Woher wissen Sie, wo sie sind?"

„Der letzte Hof. Hab auch gesehn, wie sie Esel gemietet haben, sind schlechte Menschen."

„Und den Gefangenen?"

Khosna - jetzt war ihm der Name wieder eingefallen – nickte nur.

„Warum haben Sie das nicht gleich gesagt?"

Khosna zuckte mit den Schultern.

Sie bogen um die Flanke und der Weg führte nun steil bergab wieder auf den Bach zu.

Unter den ersten Bäumen blieb Khosna stehen. „Hier können die uns noch nicht sehen. Ich geh den Weg zurück und warte unterhalb des Hofs." Er half Kien, vom Esel zu steigen. Kien sah Khosnas Arm vorm hellen Hemdstoff, die Haut so dunkel, dass sein Blick sich in der Tiefe verlor … Ja, es ging ihm nicht gut.

Nun hockte Khosna sich vor ihn hin, legte ihm eine Hand auf die Schulter und sah ihm forschend in die Augen. „Muss wohl sein", seufzend kramte er dann in einer Packtasche, zog eine kleine Flasche Araq hervor und gab sie Kien. Der zögerte nicht, öffnete sie und nahm einen tiefen Schluck. Schlagartig fühlte er sich besser.

„Bleiben Sie auf dieser Seite unter den Bäumen. Nach einem halben Kilometer liegt der Hof gegenüber. Sie machen das schon."

Kien sah grün schimmernde Bienenfresser mit ihren sichelförmigen Schnäbeln über sich hinwegfliegen, Segelfalter wippten vorbei, einer ließ sich auf seiner Schulter nieder, vielleicht um das Salz des schweißgetränkten Stoffs aufzunehmen. Seine Flügel leuchteten in einem tiefen Rot. Ein Schauder lief Kien über den Rücken - es ging ihm wirklich nicht gut.

Khosna lächelte ihm aufmunternd zu, so dass man seine Zahnlücken sah. Er klopfte Kien auf die Schulter und dann sich selbst unter die Achsel, um zu zeigen, dass er um Kiens Bewaffnung wusste. Dann ging er mit den Eseln weg.

Kien zog die Tabletten heraus, steckte eine in den Mund und spülte sie mit dem Rest Araq herunter. Dann legte er die Flasche auf den Boden, stand auf und ging vorsichtig unter den Bäumen weiter. Mit jedem Schritt wuchs seine Zuversicht. Nach ein paar Minuten hörte er Stimmen und schaute durch einen Weißdornstrauch hindurch auf die andere Bachseite. Vor dem Bauernhaus hockte ein Mann in Tarnkleidung und stützte sich auf eine Kalaschnikov. Er schimpfte mit der Bauersfrau, die ein Tablett in der Hand hielt. Er nahm etwas vom Tablett und fing an, es selbst zu essen. Dann gab er ihr einen Schlüssel und scheuchte sie bachaufwärts. Kien sah zu, wie sie etwa dreißig Meter zu einem Lehmbau ging, dort einen Verschlag aufschloss, halb hineinkroch, mit leerem Tablett herauskam, abschloss, am Ufer entlang wieder zum Haus zurückging und dem Mann den Schlüssel gab. Der stand auf, packte die Frau am Oberarm und wollte sie an sich ziehen, sie aber riss sich schreiend los. Daraufhin war ein Lachen zu hören, das vom Stall flussabwärts kam. Spottworte folgten. Jetzt erst sah Kien dort den zweiten Mann, der den Ehemann der Frau festhielt und dann niederschlug. Ein Gewehr schien der zweite Mann nicht zu haben.

Die Situation war klar: Er musste den zielnächsten und bestbewaffneten Gegner ausschalten und warten. Der zweite musste aus der Deckung kommen, um zu verhindern, dass Kien sein Ziel erreichte und Werder befreite. Er nahm die P 8 aus dem durchgeschwitzten Futteral, entsicherte sie und kroch unter dem Dornbusch näher ans Ufer heran. Hier boten Haselnusssträucher gute Deckung, auch flussabwärts. Die Frau war ins Haus gelaufen und der Mann rauchte eine Zigarette. Er ging hin und her wie ein Raubtier im Käfig und schien zu überlegen, ob er der Frau hinterhergehen sollte. An den Endpunkten seiner Schritte – gewissermaßen vor dem unsichtbaren Gitter - blieb er jeweils kurz stehen und bot, weniger als 50 Meter entfernt, also in effektiver Reichweite, ein gutes Ziel. Kien hatte das Schießen immer gelegen, jetzt allerdings machte er sich wegen seines Zitterns Sorgen. Wenn er den ganzen Arm und die Pistole wie jetzt im Liegen aufstützte, konnte es gehen. Er visierte die Brust in Herzhöhe und folgte den drei Schritten des Mannes. Als dieser stehenblieb, feuerte Kien dreimal. Die Art, wie der Mann zusammensackte, zeigte Kien, dass er tödlich getroffen hatte. Schnell rappelte Kien sich auf und lief gebückt im Schutz der Haselnusssträucher flussabwärts, bis er ein gutes Stück hinter dem zweiten Mann sein musste. Er ging davon aus, dass dieser damit nicht rechnen würde, da sich das eigentliche Ziel ja flussaufwärts befand. Als er nach Luft schnappend durch das Grün spähte, rührte sich eine lange Minute nichts. Dann aber rief der Mann etwas und trat, eine Waffe in der Hand, mit dem Bauern, den er als lebendes Schutzschild vor sich herschob, aus dem Stall heraus. Kiens Plan ging auf. Seitlich von hinten boten sich Möglichkeiten, den Mann auszuschalten, ohne die Geisel zu treffen. Allerdings war er doch zu weit entfernt. Also musste Kien ihm folgen und ohne Stütze schießen. Er lief flussaufwärts im Hohlweg hinter dem Paar her, das er mehr erahnte als sah, kam in Reichweite, brauchte freie Schussbahn, durchbrach das Haselnussgrün und lief offen am Ufer entlang. Der Mann hörte ihn und drehte sich um. Kien, der stehengeblieben war, schoss einmal und warf sich zu Boden. Der Mann schrie und Kien sah, dass er sich am Boden wälzte. Er schien nach der Waffe zu tasten, die ihm aus der Hand gefallen war, während hinter ihm der Bauer etwas über den Kopf hob. Gerade als der Mann die Waffe zu fassen bekommen hatte, zertrümmerte ihm ein Felsbrocken den Kopf.

Schweiß lief Kien in die Augen, sein Kopf pulste in der Hitze, der Schwindel wurde zu stark, vor ihm staute sich der Bach in einer glitzernden Mulde und Kien ließ sich einfach hineinfallen. Das Wasser war kalt und dieser Schock war genau das, was er brauchte. Es war still und grün um ihn herum und es gefiel ihm so gut, dass er unten geblieben wäre, wenn ihn nicht der Bauer aus dem Fluss gezogen hätte. Schwer atmend lag Kien auf den Kieseln am Ufer. Die kleinen weißen Stromschnellenwellen des Bachs oszillierten, das ganze Bild verwackelte ...

Er wurde vom Bauern hochgehievt und fortgeschleift, bis

Kien fand, es sei jetzt genug und wieder anfing, selbst zu laufen. Sie kamen zur Frau, die dem Toten schon die Schlüssel für den Verschlag und für die Handschellen abgenommen hatte. Während sich die Eheleute umarmten, schleppte Kien sich tropfend zum Schuppen, öffnete das Schloss, strich Werder kurz zur Begrüßung über den Kopf, kettete ihn los und schleifte ihn heraus.

Keuchend sah er sich seinen Kollegen an, der halb ohnmächtig dalag und von Stichen übersät und dadurch im Gesicht so aufgeschwollen war, dass er ihn kaum erkannte. Er versuchte ihn aufzurichten, schaffte es aber nicht. Erst mit der Hilfe des Bauern und seiner Frau, die beide Männer stützten, gelang es, zunächst einmal zum Toten vor dem Haus zu wanken. Kien durchsuchte dessen Taschen und fand den Autoschlüssel. Gleichzeitig fütterte die Bäuerin Werder mit Sauerquark und der Bauer schmierte ihm die Stiche mit einer Paste ein. Dann schleppte sich die Gruppe weiter, kam am zweiten Toten vorbei. Kien starrte weg - in eine Art Tunnel, an dessen Ende er Bäume, den Bach und schließlich Khosna sah, der ihnen mit seinen Eseln entgegenkam.

Strawberry Fields forever. Völlig unerklärlich und nervig wurde Kien plötzlich von dem Song als Ohrwurm geplagt. Sicher ein Zeichen dafür, dass es in seinem Oberstübchen irgendwie durcheinanderging. Er gab auf und summte mit. Werder hing zusammengesackt auf dem Esel, schien zu schlafen. Kien brauchte eine Tablette, fummelte die Packung heraus, es waren nur drei übrig, er nahm eine.

Etwa eine halbe Stunde später kamen sie zu den Wurzeln. Khosna brachte sie zum Schuppen, ließ den Landrover herausrollen und legte Proviant und eine Flasche Wasser hinein. Dann hievte er Werder auf den Rücksitz. Er sah Kien mit sorgenvollem Gesicht an, Kien war zu erschöpft, um mehr als 'Rachmat' zu stammeln, Khosna umarmte ihn und half ihm beim Einsteigen. Als Kien losfuhr, sah er, dass Khosna betete, die Fingerspitzen auf die Stirn legte und mit ihnen über seine Augen hinabstrich.

23

Who – ooh – ooh – is Mr Brown?
Mr Brown is a clown who rides to town in a coffin [23]

Jan öffnete die Augen und schaute in den schwarzen Himmel hinauf - durch das heruntergekurbelte Seitenfenster des Landrovers, dessen Geruch er erkannte. Das Auto fuhr sehr schnell, der Motor dröhnte, die Reifen lärmten, der Fahrtwind brauste, die wenigen Straßenlichter einer Kreuzung flogen vorbei. Mit schmerzenden Gliedern richtete er sich vom Rücksitz auf. Im grellen Scheinwerferlicht eines entgegenkommenden LKWs flackerte kurz Kiens Profil auf und Werder erschrak über Kiens Veränderung. Mit vorgewölbten Augen in roter, aufgequollener Gesichtshaut, sich ballenden Kaumuskeln, vorgeschobenem Unterkiefer, wie ein Harpunenzacken hervorstechendem Adamsapfel und angespanntem Bizeps flößte er Jan Angst ein.

Krächzend bat er um Wasser und Kien warf ihm eine Plastikflasche nach hinten. Das Wasser schmeckte faulig. Jan spuckte es aus dem Fenster. Kien schien das gar nicht wahrzunehmen. Er fuhr Vollgas. Sein getrocknetes Hemd peitschte im Zugwind über den grauen Brusthaaren.

Nach einer Viertelstunde rief Kien einfach in den Lärm hinein, dass er ihn durch einen Hinweis von Natalja gefunden habe, und Jan fragte nach. Kien murmelte etwas wie „bin in deinen Kopf gekrochen", Jan registrierte die persönliche Anrede, verstand die Aussage aber nicht, fragte nochmal, Kien winkte ab, sagte, Tvoludin habe mit drin gesteckt, er habe ihn töten müssen. Die Spur habe in die Nurata-Berge geführt, den Rest kenne er ja so ungefähr. Dann sagte er, das Netz ziehe sich jetzt um sie beide zusammen. Sie müssten die Straße von Samarkand vermeiden, vor allem die Kontrollen am

---

23 Bob Marley: Mr Brown

kasachischen Abschnitt. „Wir kommen erst dahinter auf die Strecke, kurze Pause, und vor Taschkent müssen wir beide raus. Zu riskant, der Gürtel.

Jan bedankte sich.

„Ich hab dich da reingeschickt", Kien ließ sein Fenster ganz herunter und holte eine Bierflasche rein, die am Außenspiegel hing, „nasse Socke, müsste jetzt kalt sein, hab ich in Mexiko gelernt" und bat Jan, sie zu öffnen. „Da liegt'n Messer, glaub ich, und 'ne Wobla, hat uns der Khosna auch noch mitgegeben. Trink erstmal 'n Schluck, wird dir guttun." Jan fand das Messer, machte die Flasche auf, trank, wickelte den Trockenfisch aus, pulte etwas ab, kaute auf dem salzigen zähen Fitzel herum, trank nochmal, reichte Kien die Flasche nach vorn. Kien trank. Schottersplitter fetzten von unten gegen Chassis und Kotflügel, der Wagen war mit zwei Rädern von der Straße abgekommen und Kien zog den Wagen wieder auf die Fahrbahn. Jetzt spülte er zwei Tabletten runter. Jan sah an der Fahrbahn ein Schild aufleuchten 'Syrdarya', - der Fluss. Jan richtete sich etwas auf, sah das eigene Gesicht im Innenspiegel und erkannte sich nicht. Aufgequollen, gealtert — eigentlich sah er aus wie Kien, in seinem Kopf startete ein Karussell, pierwy blin, was ich bin, Kien Cin-Cin, Benzydrin, ich bin Kien und Kien ist hin ...

Kien räusperte sich. „Hoffe, die bewachen das Stück Schnellstraße nicht."

Jan starrte weiter auf den Spiegel. Sein wahres Gesicht. Face-off, Lady's Man! Eine Leiche, die eine Leiche auf dem Gewissen hatte.

„Yangiyol – hier noch durch", stieß Kien zwischen zusammengebissenen Zähnen hervor und schaltete die Scheibenwischer an, die aber nur die zerplatzten Insekten auf der Windschutzscheibe verschmierten. Kien konnte die Straße nicht mehr erkennen, ging vom Gas und Jan sah, wie er in sich zusammensackte, so als brauche er die Geschwindigkeit, um bei Bewusstsein zu bleiben. Dann bremste er. Eine Staubwolke erhob sich und flog über die Steppe davon. Sie standen mitten auf der Straße, aber Kien schien das egal zu sein. Er stieg mühsam aus, ein alter Mann, Jan dagegen ging es schon etwas besser.

Sie setzten sich an den Grabenrand. Kien rauchte, hustete, wollte etwas sagen, musste warten. „Wir sind kurz vorm Taschkenter Ring", er schnaufte. „In ein paar Kilometern lassen wir den Wagen stehen, trennen uns und versuchen es auf verschiedenen Wegen. Du lässt dich von jemandem um Taschkent rumfahren, aber nicht übern Ring, und dann von Osten in die Stadt, ich probiers geradeaus. Geh nicht nachhause. Steig weit vor der Botschaft aus, sondier die Lage, sie werden in der Nähe Posten haben. Versteck dich und wart auf eine Chance. Lenk sie ab, lass dir was einfallen. Nur drin bist du sicher."

Kien ließ sich in den Staub zurücksinken, schaute nach oben. „Stern oder Satellit?" Er schloss die Augen. „ - Vielleicht kommen sie ja zu mir zurück. Jakob. - Xenia."

„Was ist denn passiert?"

„Das Übliche."

Jan verstand ihn nicht. Er wartete. Kien würde schon reden.

„Reck ist mit drin. Die Millionen von uns – umgeleitet über Sahilov und den Minister in deren Kassen, Waffenhandel und in Recks Fall Kunstkäufe. Dafür hat er den Container auf dem Grenzstreifen. Hat das Ganze seit Jahren gedeckt. Solde kommt dem Geschäft auf die Spur, Reck lässt ihn ermorden."

Jan sah, dass Kien zitterte. Er stand auf, holte eine Decke aus dem Auto und legte sie über ihn.

„Wir sind nah dran, Reck verrät unsere Operation in Urgut, seine Geschäftsfreunde lassen den Informanten ermorden, dich entführen. Alles von der Regierung unterstützt." Kien hustete ein Lachen. „Die Arschlöcher haben

168

nur nicht damit gerechnet, dass ich die Schnauze voll hab. Nichts mehr zu verlieren ..."

Jan wurde es auch kalt. „Wie geht's weiter?"

„Sie werden versuchen uns auszuschalten. In der Botschaft sind wir sicher, denk ich. Wir müssen los. Hilfst du mir hoch? Und fahr du."

Als Jan anfuhr, war Kien, in die Decke gewickelt, in die Ecke gesackt. Jan dachte, er sei eingeschlafen, als Kien plötzlich mit brüchiger Stimme sagte, „Nächster Ort. Da trennen wir uns."

Jan starrte in den Scheinwerferkegel. In der Ferne war der Himmel heller, das musste Taschkent sein.

„Reck kriegen wir über seinen Container." Kien lachte, es klang, als sei er verrückt geworden. „Stell dir vor, wir räumen das Ding heimlich aus, locken ihn rein, er macht die Tür auf, alles leer. Sein Gesicht ...", Kien hustete. „Sein Gesicht. Und dann geht das Licht aus, die Tür zu. Schwarz. Er schreit, niemand hört ihn. Er trommelt an die Tür. Nichts. Und dann eine Stimme in der Dunkelheit. Ganz nah. Ein Verhör beginnt. Wir haben vorher seine Daten überprüft, Termine, Reisen. Es muss Treffen und Zahlungen gegeben haben ..."

„Aber ..."

„Ich weiß, erzwungenes Geständnis, Tonbandaufnahme ungültig als Beweismittel. Aber wir schauen uns heute früh in seinem Büro um, kommt immer um neun, schnüren ein Paket, gehen zum Botschafter."

Jan verzog sein geschwollenes Gesicht, so dass es schmerzte. „Ihm die Sammlung wegzunehmen gefällt mir, aber das mit dem Verhör im Container ist zu konstruiert, glaub ich ... Und er kann immer noch Asyl bei seinen Freunden beantragen."

„Stimmt, deshalb müssen wir ihn in der Botschaft festsetzen, Jakob!", rief Kien erregt.

Jan korrigierte ihn nicht.

Kurz darauf fuhren sie einen kleinen Ort, in dem gerade das bäuerliche Leben erwachte. Ein paar Leute liefen im Steppmantel herum, gingen Kühe melken, Frauen zündeten Holz an, von dem qualmender Rauch aufstieg. Er parkte den Wagen am Straßenrand und stieg aus. Kien bewegte sich nicht. Als Jan die Beifahrertür öffnete, sackte er ihm entgegen, so dass er ihn auffangen musste. Er war nicht schwer, Jan hielt ihn im Arm und wollte ihn gerade wieder ins Auto legen, als Kien zu sich kam. Er hatte wohl tatsächlich ein paar Minuten geschlafen und sah Jan kurz verwundert an, ohne ihn zu erkennen. „Ah, du bist's." Kiens Stimme war zittrig. Er griff Jan am Arm und sah ihm in die Augen. „Ich will dir noch was sagen. Natalja ist gut. Für Dina bist du nicht der Richtige." Kiens Mund war ausgetrocknet. „So wie ich für Xenia. Hab alles kaputt gemacht. Ich versteh dich … als ich jung war … aber man muss Zeichen setzen …" Er sah Jan in die Augen, küsste ihn auf die Wangen -„Viel Glück, Jakob" - und humpelte los, ohne sich noch einmal umzusehen.

Jan folgte ihm bis zu einer Straßenkreuzung, sah, dass Kien nach links ging und wählte, wie abgesprochen, die andere Richtung. Besorgt wandte er sich immer wieder nach ihm um.

170

24

I'm coming home, baby, now[24]

Er trug seinen Sohn durch die meergrünen Wellen, die sich durchsichtig vor ihnen wölbten, Jakob, die speckigen Ärmchen in Schwimmflügeln, jauchzte im Rauschen der Brandung, er drückte ihn an sich, hob ihn über den Schaum, dersie umflutete, die Brise wehte durch Jakobs Löckchen, eine Welle nahm sie ein paar Meter mit und er führte seinen Sohn an an den Strand.

Das helle Himmelsblau hatte ihn immer getröstet, war ihm als Ausweg erschienen, aber nun konnte er den Himmel nicht sehen. Seine gebrochene Nase schmerzte stechend, seinen Mund hatten sie zerschlagen. Er lag auf dem Boden in einem heißen, fensterlosen Raum und hörte dumpfes Gemurmel von draußen. Die Tür wurde aufgeschlossen, jetzt hörte er, dass gebetet wurde, ein Mann in Uniform zog ihn hoch und führte ihn durch einen Hof voller Menschen, die nach Hungeratem und Schweiß rochen, in einen anderen Raum, in dem es nach etwas roch, das er nicht gleich erkannte, aber das ihm Angst machte, ein Raum mit einem Fenster, durch das man aber nur auf eine Wand blickte. Dann wusste er, was es war, der Eisengeruch von Blut, schwer und süß, und es grauste ihn.

Die Scheinwerfer hatten den Innenraum mit blendend weißem Kalkstaub gefüllt, ätzendem Löschkalk, wie man ihn auf Leichen schüttete, auf Erschossene, die, bevor sie erschossen worden waren, noch gemeinsam ein großes Loch gegraben hatten. In solch einem Loch würde auch er enden. Die Milizionäre hatten jedes Fahrzeug kontrolliert, ihn entdeckt,

---

24 Mel Tormé: I'm Coming Home

aus dem Auto gezerrt, geschlagen, auf Nase und Mund, an den Kopf, hatten auch den Fahrer geschlagen, wie er noch gesehen hatte, bevor sie ihm eine Decke über den Kopf geworfen, ihn weggeschafft, ihn auf eine Ladefläche gestoßen hatten. Eine Stunde Fahrt, in der unter der Decke sein Blut aufhörte aus der Nase zu laufen, erstarrte und spannte, wenn er die Lippen bewegte, mit der Zunge seine Zahnlücken betastete und Blut in die Decke spuckte.

All die Toten, dachte er, für die es so oder ähnlich zuende gegangen war, die Geschundenen, die Millionen und Millionen von ermordeten Menschen – wenn sie aufstünden und ihre Schinder heimsuchten, wenn sie in deren Träume eindringen würden, so dass die Täter die Schmerzen ihrer Opfer erlebten, wieder und wieder, bis sie es nicht mehr aushielten und sich selbst richteten. Und wenn die Welt beseelt von guten Geistern wäre, die die Räume durchstreiften ... Stattdessen das ständige Sterben überall, meist geräuschlos, das Blut, das aus Menschen und Tieren floss, Augen, die nach einem letzten Blick brachen, dieses Metzgern überall - wie konnte man all das ertragen? Er sah sich selbst Blut in ein großes metallenes Gefäß schütten, sein eigenes Blut in einen künstlichen Torso, und es schüttelte ihn. Ihm fehlte etwas, er brauchte dringend etwas, so hielt er das nicht aus, er stellte sich vor, wie er ein Bier trank, es in sich hineinzischte, sein ganzer Körper verlangte danach, zitterte, schmerzte. Sie würden ihn foltern, mit Zahnbohrern, Strom an den Geschlechtsteilen oder im Körper. Er würde das nicht aushalten und sagen, was er wusste, aber was wusste er schon, was sie nicht auch wussten. Sie würden ihn foltern, einfach um ihm wehzutun, aus Freude, es tun zu können und als Rache für die, die er getötet hatte. Wenn sie genug hatten, würden sie ihn töten. Dann würden sie seine Leiche wie die Soldes in eine Art Filmset setzen. Vielleicht mit tödlicher Alkoholdosis so in eine Barecke, dass er nicht vom Stuhl fallen konnte. Noch bin ich nicht tot, dachte er, richtete sich ein wenig auf, einen Moment lang, sackte dann wieder in sich zusammen. Er wusste, dass nichts ihn retten konnte. Bald würden sie kommen, zufrieden, ihren Job zu machen, oder sogar voller Vorfreude darauf, ihn zu quälen. Ihm fiel auf, dass der Boden gefliest war wie in einem Badezimmer, gut abwaschbar, er sah sein dunkles Spiegelbild, umrahmt von Fugen, in denen bestimmt noch Überbleibsel der hier Gefolterten, Blut und Gewebe zu finden waren.

Zwei Männer betraten den Raum, holten eine Apparatur aus Koffern, schlossen Kabel an, er wollte das nicht sehen, er sah auf sein Schattenbild hinunter, einer der Männer ging hinaus, einer blieb. Sie schauten sich kurz an, der junge Mann wandte den Blick ab, gleich würde es losgehen, es war ihm peinlich, ein gutes Zeichen? Der Mann wusste nicht, was er tun sollte mit seinen Händen, jetzt zog er einen Apfel aus seiner Hosentasche, aus der anderen eines jener Messer, so eins wie das Khosnas, mit glitzerndem Griff, und fing an, den Apfel zu schälen ... Kein gutes Zeichen, wer aß einen Apfel in einem Folterzimmer, in dem schon viele Menschen gequält worden waren, vor jemandem, dem er gleich furchtbare Schmerzen zufügen würde? Ein abgestumpfter Folterknecht … Kien klemmte seine Hände unter die Knie, so sehr zitterten sie. Er sah zu Boden, er wollte diesen Menschen nicht sehen, er wollte sich das Gesicht Jakobs vorstellen, aber er schaffte es nicht und war verzweifelt darüber. Er hörte, wie die Klinge des Messers unter die Schale fuhr, das schabende Geräusch, mit dem der scharf geschliffene Stahl die Zellen des Fruchtfleischs zerschnitt, jetzt fiel die Schale in einen Eimer, tiefe Schnitte, deren dunkleren Ton er hörte, formten Schnitze, - gehörte das zur Folter, war es ein Ritual, das sich der junge Mann ausgedacht hatte? Sein Zittern ging auf die Beine über, als habe er hohes Fieber, Schüttelfrost ... Oder würde dieser junge Mann ihm einfach die Kehle durchschneiden, so, als sei es das Natürlichste der Welt, so wie man hier Schafe schlachtete? Nun hörte er ein paar zögernde Schritte auf ihn zukommen, er spannte die Muskeln, jetzt ein leises Räuspern, er hob den Kopf: Der junge Mann bot ihm einen Apfelschnitz an, vanillegelb lag das Stück auf zwei vorgestreckten seiner braunen Finger, er hielt den Schnitz im Gleichgewicht, den zerschnittenen Apfel als Kugel in der Handfläche dahinter, in der anderen Hand das glitzernde Messer. Da war der Ausweg! Zittrig, aber schnell griff Kien an der ausgestreckten Hand vorbei nach dem Messer in der anderen Hand, riss es an sich und stieß es sich fest von unten hinter den Rippenbögen in die Herzregion. Der Schmerz nahm ihm sofort alle Luft, er fiel zu Boden, hörte sich keuchen, doch zugleich war ihm egal, dass er keine Luft mehr bekam, was wollte er mit dieser Luft hier? Was wollte er mit diesem Raum? Er schloss die Augen, die kleine Welt wurde weit, und er sah eine Sternschnuppe am Nachthimmel, wünschte sich etwas, Glück für alle! Da war eine Brücke im Monsun, er roch den Regen, hörte ferne Musik, Backgroundsängerinnen, die ihm antworteten, und dann leise ein Kinderlied, das ihm von seiner Mutter vorgesungen worden war und das er Jakob oft vorgesungen hatte, Kommt ein Vogel geflogen, und jetzt sah er ihn endlich, als kleines Kind, schlafend kuschelte sein Sohn sich an ihn, ruhig atmend, und die kleine Hand streichelte ihn am Hals.

25

Bilaman, bilaman[25]

Heiße, kerosingetränkte Nacht. Jan trug Xenias schweren Koffer zum Flughafengebäude, Dina zog ihr pinkes, raspelndes Ungetüm hinter sich her. Das war alles, was die beiden hatten – und die Wohnung in Petersburg. Der Flug ging in zwei Stunden. In der Halle, die voller Menschen war, die irgendwie alle nach Zigaretten, Wodka und Schweiß rochen, gaben sie die Koffer auf, als Xenia anfing zu weinen. Sie sagte, sie habe jemanden Offiziellen mit einer Urne gesehen, das sei die Asche Kiens, das müsse sie sein, - im selben Flugzeug wie sie.

„Ist doch Quatsch, - wieso nach Russland?" Dina verdrehte die hübschen Augen.

„Ich hab es aber gesehen."

„Typisch Mama-Melodrama", kommentierte Dina in Jans Richtung.

Da schrie Xenia ihre Tochter an: „Es reicht, du Stein!" Und fuhr nach einem kleinen Innehalten leiser fort: „Du Kind."

Um nicht in den Familienstreit hineingezogen zu werden, schaute Jan weg und erkannte den bärbeißigen Steward wieder, der ihm auf dem Flug von Frankfurt nach Taschkent Plockwurst serviert hatte. Er dachte an die behaarten Finger und musste lächeln. Da war ja die ganze Truppe, irgendwie fand er die jetzt sogar gut. Xenia redete von einem Film, den sie wohl mit Kien gesehen hatte und in dem eine Urne vorgekommen war. Sie verfluchte sich, weil sie nicht vorhergesehen hatte, dass er in Lebensgefahr war, und weinte wieder.

---

25 Setora: Bilaman

„Denk an Russland, Mama", versuchte Dina sie auf andere Gedanken zu bringen.

„Russland – Stussland", sagte Xenia nur vor sich hin.

Dann gab es salzige Küsschen und einen klaren grünen Blick von Dina, den Jan nicht vergessen würde. Mutter und Tochter würden noch zwei Stunden inmitten schnarchender betrunkener Männer warten müssen, und - wer wusste das schon? -, vielleicht war es doch Kiens Asche, die in einer Urne, irgendwo abgestellt, möglicherweise an der Bar, mit ihnen wartete, um einen Umweg über sein geliebtes Petersburg zu machen, oder noch eine Stunde später nach Frankfurt zu fliegen? Kien fehlte ihm.

Während Jan, in Kiens repariertem Lada, langsam wieder in die Stadt hineinfuhr, über der die Sonne erst in einigen Stunden aufgehen würde, dachte er an jenen Morgen vor einer Woche, als er sich der Botschaft genähert und die auf der Lauer liegenden Milizionäre gesehen hatte. Mit einem selbst entfachten Feuer in einem Gebüsch am Straßenrand hatte er sie abgelenkt und war dann in die Botschaft gelaufen, die bis auf den Pförtner und zwei Wachen noch leer war. Dort hatte er Recks Schreibtisch aufgebrochen und belastendes Material gefunden, Kontoauszüge, die den Erhalt hoher Summen belegten, Absprachen über den Fluss der Fördergelder mit dem Minister und Sahilov, Notizen zu inoffiziellen Treffen. Er hatte einige Originale an sich genommen und mit Recks eigenem Fotoapparat Fotos gemacht, auch von Dokumenten, die Kunstkäufe im fünfstelligen Bereich nachwiesen. Den genauen Standort des Containers mit den gehorteten Schätzen hatte er auch ermitteln können. Das alles musste reichen. Er hatte den Schreibtisch wiederhergerichtet, der Kamera den Film entnommen, die Papiere in ein Kuvert gesteckt und war in sein Büro gegangen. Dort hatte er Natalja angerufen, die gerade ihren Sugardaddy verabschiedet hatte und sich – zwar ziemlich zugedröhnt – sehr gefreut hatte. „I'm so 'chappy'", hatte sie immer wiederholt. Er hatte ihr, die zigmal nachfragen musste, die Koordinaten des Containers durchgegeben mit der Aufforderung, Leute zu beauftragen, diesen sofort auszuräumen. Als er mit dem Kuvert unter dem Arm das Büro verlassen hatte, war er auf dem Gang Dr. Reck in die Arme gelaufen. Er meinte zu sehen, wie ganz kurz Fassungslosigkeit und Entsetzen das Gesicht des Attachés verwüsteten, bevor er die Diplomaten-Maske darüberhieven konnte. „Sie hier? Erzählen Sie", hatte er ausgerufen. Jan hatte dem Attaché, der wahrscheinlich kurz zuvor der Folterung und Ermordung Kiens zugestimmt oder diese sogar vorgeschlagen hatte, einen Kinnhaken gegeben. Dann hatte er den Bewusstlosen in einen Besenschrank gezerrt und eingeschlossen, weil Reck unter allen Umständen auf dem Gelände der Botschaft hatte bleiben müssen.

Durch das heruntergekurbelte Fenster drang der Rauch der Holzfeuer herein und Jan merkte plötzlich, wie sehr er den Geruch mochte. Jetzt wurden in der Stadt die vielen kleinen Öfen angeheizt, um das Fladenbrot zu backen.

Beim Botschafter war dann alles erstaunlich schnell gegangen, fast so als wäre dieser gar nicht so sehr überrascht gewesen angesichts der Verfehlungen Dr. Recks. Er hatte den wüste Drohungen ausstoßenden Attaché aus der Kammer holen und in einem anderen Raum festsetzen lassen. Zudem war ein Haftbefehl veranlasst worden. Schon am nächsten Tag war Dr. Reck vor den Augen der gesamten Botschaftsbelegschaft - außer Frau Schuten, die ihn nicht noch einmal hatte sehen wollen - abgeführt und mit seiner Frau, die als aktiv Beteiligte mitangeklagt werden würde, nach Deutschland ausgeflogen worden. Der Prozess würde im Herbst beginnen.

Auf politischer Ebene zeichneten sich ebenfalls

Konsequenzen ab: Die deutschen Hilfs-Zahlungen an Usbekistan würden ausgesetzt werden, obwohl von usbekischer Seite mit der Schließung des Flughafens von Termez für die Bundeswehr gedroht wurde. Der usbekische Minister hatte zwar sofort seinen Job verloren, war aber sicher weich auf seinen dicken 'dzhopa' gefallen. Der wendige Sahilov war seines Amtes als Staatssekretär enthoben, fungierte jedoch, wie man hörte, als Berater im Hintergrund. Und die Waffenhändler stiegen vorübergehend von schwerem Gerät auf preisgünstigere Waffen um.

Während Jan fuhr, schaute er über die Milizionäre, die an der Straße standen, hinweg durchs Blattwerk der Bäume in den Himmel, der langsam hell wurde. Er stellte sich vor, wie es wäre, den Nachmittag mit Natalja zu verbringen, wenn sie ausgeschlafen hatte.

Die Allee, in der die jungen Liebespaare auf Bänken saßen, lag noch verlassen da. Ein paar Rasensprenger warfen ihre Schleier über ausgedorrtes Gras. Jan stellte sich vor, wie er dort mit Natalja spazieren ging und dann später mit ihr beim Armenier, in Kiens Lieblingsbar, auf ihn trinken würde - in den ersten Stunden nach der Öffnung, die dieser so geliebt hatte. Vielleicht würden sie eine Art Zukunft planen und ins Kino gehen: im Dunkel sitzen, Hand in Hand.

Grazie, Dania!